Kulinarische Liebschaften

Andreas Staïkos

Kulinarische Liebschaften

Übersetzung: Michaela Prinzinger

Roman

🐝 Eichborn.

4   5   6   03 02 01

Original ©: Agra Publications, Athen, 1997
© Eichborn AG, Frankfurt am Main, Juli 2001
Umschlaggestaltung, Illustrationen und
Vignetten: Jörg Mühle (www.laborproben.de)
Lektorat: Doris Engelke
Layout und Satz: Cosima Schneider
Druck und Bindung: Clausen & Bosse, Leck

ISBN: 3-8218-0837-3

Verlagsverzeichnis schickt gern:
Eichborn Verlag, Kaiserstr.66, D-60329 Frankfurt am Main
www.eichborn.de

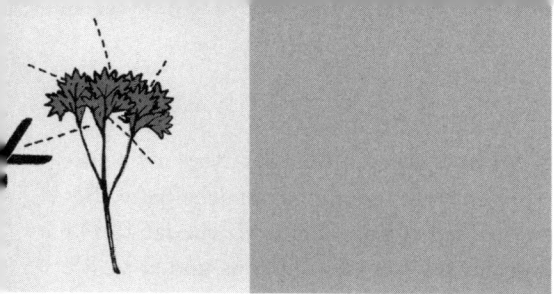

Perfide Petersilie —

Zarte Essensdüfte, die zwischen den offenstehenden Balkontüren ihrer benachbarten Wohnungen in der sechsten Etage des Hauses Averoffstraße 18 hin und her zogen, brachten Damoklis Dimou und Dimitris Isavridis einander näher.

Ihr erstes persönliches Zusammentreffen fand vor dem Fahrstuhl auf ihrer Etage statt und beschränkte sich auf einen kurzen Gruß.

Auf dem Weg abwärts wurde das Schweigen durch den etwas leutseligeren Damoklis gebrochen. »Sind Sie nicht der, der so hingebungsvoll Unmengen von Petersilie mit der Schere kleinschneidet? Ich wette, die verarbeiten Sie zu Petersiliensalat.« Dimitris Isavridis fühlte sich durch Damoklis' Bemerkung erheb-

lich auf den Schlips getreten. Für das Naturell seines Nachbarn gingen ihm wenig schmeichelhafte Bezeichnungen durch den Kopf. Seine Küche lag direkt an der Trennwand ihrer beiden Balkons und er stellte sich lebhaft vor, wie Damoklis auf einen hohen Schemel stieg, seinen Kopf über die Milchglasscheibe der Zwischenwand schob, mit geschickten, aber halsbrecherischen Verrenkungen hin und her balancierte und sich Szenen seines Intimlebens einverleibte. Sein Nachbar war offenbar ein Küchenvoyeur. In der Tat hatte Dimitris die Angewohnheit, die Petersilie, nachdem er die Blätter sorgfältig von den Stengeln gezupft hatte, auf ein Holzbrett zu legen und mit einer kleinen Schere zu zerschneiden. Die dunkelgrünen, klitzeklein geschnittenen Blätter regneten wie Konfetti auf das Brett, sobald die beiden Klingen sie freigaben. Der hatte ihn bestimmt schon öfter beobachtet, dieser abscheuliche Voyeur! Gewiß hatte er ihn halbnackt – bloß mit der Montur des Kochs, mit Schürze und Haube, bekleidet – erspäht. Dimitris pflegte nämlich mit Unterbrechungen zu kochen, und zwar in den Pausen seiner Liebesspiele mit Nana. Etliche Male war ihm Nana, halb- oder sogar ganz nackt, in die Küche gefolgt und hatte ihm Gesellschaft geleistet, während er eine Zitrone auspreßte oder kleine Stückchen Hühnerfleisch anbriet. Und sein gräßlicher

Nachbar hatte alles gesehen! Dimitris schauderte. Er blieb stumm, während Damoklis dachte, daß sein neuer Wohnungsnachbar – ein verschlossener und ungeselliger Typ – unmöglich selbst kochte, und sicherlich einer dieser verbohrten Hagestolze war, die noch bei ihrer Mutter lebten. Bestimmt bereitete seine Mutter oder irgendeine Tante vom Dorf so wohlriechende Speisen zu.

Als sie den Fahrstuhl verließen, meinte Dimitris, der wieder einen kühlen Kopf hatte, zu Damoklis: »Darf ich Sie zu einem Kaffee in das Kafenion gegenüber einladen?« »Aber gern«, entgegnete Damoklis, der nun glaubte, sein vorschnelles Urteil über den wortkargen Nachbarn revidieren zu müssen.

Im Kafenion zündeten sie schweigend eine Zigarette nach der anderen an, sogen den Rauch genüsslich ein und schlürften ihr Getränk bis zur bitteren Neige. Die Tassen waren schon lange bis auf den Kaffeesatz geleert, da faßte sich Dimitris schließlich ein Herz und stieß kreidebleich hervor: »Sie werden bestimmt das große Muttermal auf meiner linken Arschbacke gesehen haben.« Damoklis schwieg verdattert. »Geben Sie's ruhig zu«, fuhr Dimitris unbeirrt fort. »Und sollten Sie es nicht gesehen haben, sind die Gründe naheliegend. Es gibt einen anziehenderen Anblick als das Muttermal auf meiner Arschbacke.

Die hochhackigen Pantöffelchen meiner Freundin zum Beispiel. Die hochhackigen Pantöffelchen mit der schwarzen Quaste. Diese schwarze Quaste versetzt Sie zu Recht in Aufregung. Die ist aus Flaumfedern gemacht, genauer gesagt: aus Straußendaunen. Dazu kommt ihr Zehennagel, der dunkelrot schillernde Nagel ihres großen Zehs«, sagte Dimitris in einem Atemzug.

Damoklis erstarrte. In der Beschreibung erkannte er jene Pantöffelchen wieder, die er selbst seiner über alles geliebten Nana geschenkt hatte. Ebenso erkannte er den dunkelrot schillernden Zehennagel.

»Nun?« setzte Dimitris fast erbost hinzu. »Rücken Sie endlich raus mit der Sprache? Woher wissen Sie, daß ich die Petersilie mit der Schere ganz kleinschneide?«

Damoklis, mehr tot als lebendig, stürzte den soeben bestellten Ouzo in einem Zug hinunter, seine Eingeweide brannten, und er ließ sich zu einem eintönigen Monolog hinreißen: »Es ist einfach, ganz einfach. Immer wieder dringt starker Petersilienduft von Ihrem zu meinem Balkon und dieser Geruch übertönt den Duft von Jasmin, Gardenien und den vielen anderen Blüten, die unsere Balkone zieren. Demzufolge muß es sich um reichlich Petersilie handeln, die für einen Salat vorgesehen ist und nur auf einem Holzbrett Platz findet, bevor sie in der Salatschüssel offiziell und endgültig angerichtet wird. Zudem muß ihre Zerkleinerung eine ziemlich langwierige Angelegenheit sein. Ein Hauch Knoblauch, eine oder zwei feinzerdrückte Knoblauchzehen, die mit der Petersilie vermischt werden, eine winzige Prise Salz, Öl und Zitrone runden den Salat ab.«

Die Beschreibung des Petersiliensalats, der seinem eigenen aufs Haar glich, bestärkte Dimitris' Eindruck: Damoklis lauerte ihm auf und kannte jede Einzelheit seines Alltags.

Er begann daraufhin in dem Bemühen, seinen Gesprächspartner aufs Glatteis zu führen und ihn in Widersprüche zu verwickeln, ein Verhör nahezu kriminalistischen Zuschnitts.

»Vom bloßen Geruch der Petersilie schließen Sie auf das ganze Rezept und die Dosierung der Zutaten? Sie versetzen mich in Erstaunen«, meinte Dimitris spöttisch. »Dann werden Sie sicherlich auch wissen, welche Speisen diesen Petersiliensalat begleiten.«

»Ein solcher Salat könnte, meiner bescheidenen Meinung nach, von einer zweiten Vorspeise, einer Sesampaste etwa oder einem Fischrogensalat, ergänzt werden. Ebenso passend wäre eine Vorspeise aus Anchovisfilets mit Kapern. Für eine vollständige Mahlzeit würden sich Makrelenfilets vom Holzkohlengrill mit Olivenöl-Zitronen-Sauce anbieten.«

Dimitris Isavridis standen die Haare zu Berge. Sein Petersiliensalat hatte als Beilage zu genau den von Damoklis aufgeführten Speisen gedient. Nachdem er mühevoll seine Fassung wiedergewonnen hatte, rang er sich eine nur notdürftig als Ironie verkleidete Bemerkung ab: »Darf ich Sie noch etwas fragen? Der Fuß in dem Pantöffelchen, die schwarze Quaste, der rote Zehennagel – paßt das, glauben Sie, zu einem derartigen Abendessen?«

»Was soll ich dazu sagen?« entgegnete Damoklis und hielt nur mit Mühe seine Erregung im Zaum. »Ich weiß weder, von welchem Pantöffelchen Sie sprechen, noch von welchem Fuß oder Zehennagel.«

Die beiden Männer entschlossen sich – jeder aus anderen Gründen – zu einem vorläufigen, aber wirklich nur vorläufigen Waffenstillstand, um das gegenseitige Verhör nicht auf die Spitze zu treiben. Sie waren sicher, daß jeder der Sache auf dieselbe demütigende Art auf den Grund gehen wollte: nämlich dadurch, den anderen auf frischer Tat zu ertappen.

»Ihr Name?« fragte Damoklis lächelnd.

»Na, kommen Sie schon. Sie wissen, was ich morgens, mittags und abends esse, und kennen nicht einmal meinen Namen? Sie wohnen doch nebenan, haben Sie noch nie meinen Namen an der Türklingel gelesen?« erwiderte Dimitris Isavridis.

»Ich pflege meinen Nachbarn im Mietshaus nicht nachzuspionieren«, meinte Damoklis, Dimitris lachte spöttisch und schallend. Die beiden Widersacher erhoben sich, reichten sich freundschaftlich die Hand, stellten sich vor und verblieben mit einem »Auf Wiedersehen«.

Sie trennten sich eilig – und jeder hastete zu seinem Hauptquartier, um die Bespitzelung des anderen akribisch zu organisieren. Zuvor jedoch wollten beide noch rasch einige Einkäufe tätigen.

Ein paar Minuten später trafen sie sich vor dem Fahrstuhl im Erdgeschoß des Wohnhauses wieder. Sie kamen nicht umhin, während der Fahrt in die sechste Etage lachend ihre Telefonnummern auszutauschen.

Petersiliensalat

Von zwei Bund Petersilie die Stengel entfernen und
die Blätter fein schneiden. Zwei kleingehackte oder
gründlich zerdrückte Knoblauchzehen hinzufügen.
Ein wenig Salz, drei Eßöffel Olivenöl und den Saft
einer Zitrone hinzugeben.

Sesampaste

Drei gehäufte Eßlöffel Tahin in eine Schüssel geben.
Den Saft zweier Zitronen und ein halbes Weinglas
Wasser darübergießen. Eine zerdrückte Knoblauchzehe, eine Prise Salz und Pfeffer hinzugeben. Gut durchmischen, bis die Paste eine cremige Konsistenz
bekommt. Vor dem Servieren mit ein wenig gehack-
ter Petersilie bestreuen.

Fischrogensalat (Taramas)

Einen gehäuften Eßlöffel Fischrogen in eine Schüssel
geben. Trockenes Weißbrot ohne Rinde (im Verhältnis eins zu drei zum Fischrogen) eine Minute in Wasser einweichen und gut ausdrücken. Den Fischrogen
und das Brot sorgfältig – entweder mit der Gabel oder
mit der Hand – vermischen, bis eine cremige Masse
entsteht. Unter ständigem kräftigen Rühren mit der
Gabel nach und nach Öl, vorzugsweise Maiskeimöl,
zugeben, bis die Mischung weder zu fest noch zu flüs-

sig ist. Den Saft einer Zitrone, eine kleine zerdrückte Zwiebel und eine Prise Pfeffer hinzufügen. Erneut durchrühren und im Kühlschrank bis zum Servieren kaltstellen.

Anchovisfilets mit Kapern

Die Anchovisfilets unter fließendem Wasser von der Salzlake befreien. Mit einem Geschirrtuch oder einem Stück Küchenkrepp trockentupfen. Auf einen ovalen Teller legen. Für 6 Fische, also 12 Filets, werden drei Eßlöffel Olivenöl und ein bis zwei Eßlöffel geschmacksneutraler Essig benötigt. Hinzu kommt ein Eßlöffel Kapern.

Makrelenfilets vom Holzkohlengrill

Zwei mittelgroße Fische von Kopf und Gräten befreien. Mit einem kleinen, scharfen Messer die Seitenflossen und die winzigen, haarfeinen Gräten aus dem vorderen Teil herauslösen. Die Filets eine halbe Stunde lang in Essig und Öl marinieren. Danach auf dem Holzkohlengrill 4 bis 5 Minuten auf jeder Seite braten, dabei ständig mit der Marinade bepinseln.

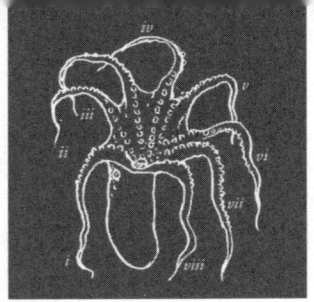

Seeigel,
in einem Tropfen Meerwasser
aus der Ägäis ertränkt

Damoklis blickte auf seine Uhr, um sicherzugehen, daß es die geeignete Stunde für ein ungestörtes Telefonat mit Nana war, wählte ihre Nummer und sagte mit überströmender Zärtlichkeit, obwohl er vor Wut schäumte: »Nana, ich muß dich unbedingt sehen.«

Durch die offenstehende Balkontür drang bereits der Duft scharf angebratenen Lammfleisches sowie der etwas dezentere Geruch eines frischen grünen Saisongemüses, das Damoklis nicht einordnen konnte, in seine Wohnung.

Sowie Dimitris Isavridis nach Hause zurückgekehrt war, widmete er sich der Kochkunst. In einer halben

Stunde würde Nana eintreffen, und je weiter seine Vorbereitungen gediehen waren, desto mehr Zeit konnte er seiner anspruchsvollen und immer eiligen Geliebten widmen. Nana, obschon verheiratet, sparte sich mühsam einen kleinen Teil ihrer den ehelichen Pflichten gewidmeten Zeit vom Munde ab, um noch eine andere Speise als das eintönige Tagesmenü des Ehealltags zu genießen.

Durch Damoklis' überraschenden Anruf beunruhigt und neugierig gemacht, telefonierte Nana sogleich mit Dimitris. Eine Verschiebung ihres Treffens um zwei Stunden war das einzige, was sie erreichen konnte. Und ursprünglich für den Besuch bei Dimitris entsprechend gekleidet und geschmückt, fand sie sich nunmehr vor Damoklis' Tür wieder. Als sie die Wohnung betrat, schloß sie aus dem kühlen Empfang, daß irgend etwas nicht stimmte. Damoklis' sonst so willige Arme, die sich ihr seit dem ersten Tag ihrer Bekanntschaft entgegenzustrecken pflegten, deuteten – statt der üblichen Begrüßung – auf einen Stuhl. Damoklis nahm ihr gegenüber Platz.

»Nana, was hast du vorgestern zu Abend gegessen?« fragte er unvermittelt.

Die ahnungslose Nana, die keinen Grund sah, irgend etwas zu verheimlichen, bemühte sich redlich, sich zu entsinnen. Nach und nach kehrte ihre Erinnerung wieder. »Fischfilets, ich glaube Makrelenfilets, vom Holzkohlengrill.«

»Und was noch?«

»Ein wenig Petersiliensalat, einen Eßlöffel Sesampaste und noch einen Eßlöffel Fischrogensalat. Ach ja, und ein Anchovisfilet mit Kapern«, fügte sie in einer Anwandlung von Aufrichtigkeit hinzu.

Die Benennung jeder einzelnen Speise dröhnte in Damoklis' Ohren wie ein Donnerschlag und senkte sich wie ein Messer in sein Herz. Nach langem Schweigen und heftigem inneren Kampf entschloß er sich, seinen Schmerz nicht zu zeigen, und die Eifersucht und die blinde Wut, die ihn zu zerreißen drohten, für sich zu behalten. Er beschloß, zumindest vorläufig Nana keine Fragen mehr zu stellen – Fragen, die sie bloß zu schmerzlichen Lügengeschichten zwingen würden oder, was noch schlimmer wäre, zu weitaus schmerzlicheren Wahrheitsbekundungen. Er wollte jedem möglichen Unheil aus dem Wege gehen. So sehr begehrte er sie, so sehr hatte er sein Herz an sie gehängt. Aus freien Stücken war er zu ihrem Sklaven geworden, zu einem glückseligen Sklaven, der um nichts in der Welt seine kostbaren Fesseln abwerfen wollte. Nana, Nana, Nana. Die schönste und geistreichste, die bei weitem verlogenste von den nicht gerade wenigen Frauen seines bisherigen Lebens.

Zudem überlegte er stoisch: Wäre Nana nicht die geborene Lügnerin und Betrügerin, dann wäre sie ihm auch niemals über den Weg gelaufen. Wäre sie nicht diese bezaubernde Schwindlerin, würde allein ihr Gatte in den Genuß ihrer Schönheit kommen. Damoklis durfte von Nana nicht die Tugenden erwarten, die nur Ehemänner von ihren Ehefrauen verlangen konnten, und er durfte ihr nicht ausgerechnet jene Schwächen zur Last legen, von denen er profitierte. Ein Schatz wie Nana im Besitz eines einzigen Mannes, das wäre ungerecht. Denn betröge sie Damoklis nicht, hätte sie auch ihren Mann nicht getäuscht. Und dann müßte er sich von dem glückseligen Beben und Zittern, das seinen Körper und seine Seele bis in die Grundfesten erschütterte, ein für allemal verabschieden.

In einer Anwandlung von unparteiischem Gerechtigkeitsempfinden oder – treffender gesagt – blinder bodenloser Bewunderung, trat Damoklis zu ihr, streichelte und umarmte sie nicht bloß als Nana, sondern als Inbegriff alles Weiblichen.

Von seinen – mittlerweile bestätigten – Verdächtigungen nichts ahnend, verharrte sie in ihrer Arglosigkeit wie eine antike Statue, die um ihre suggestive und symbolische Macht nicht weiß. Sie beruhigte sich wieder und ließ sich von Damoklis liebevoll umhegen.

Ganz so wie Heiligenstatuen, die Aufmerksamkeit nicht nur in Form von Beweihräucherung verlangen, forderte Nana – ohne besonderen Nachdruck, doch mit katzenhaftem Charme – eine weitere Opfergabe: etwas zu essen. Etwas, das den Geschmack der unzähligen Zigaretten, die sie in ihrem gerechtfertigten Zorn entzündet hatte, vertreiben, aber zudem auch den köstlichen Weißwein, den Damoklis soeben ihr zu Ehren entkorkt hatte, begleiten sollte.

»Hast du irgendeine Kleinigkeit zum Naschen?« fragte sie. »Ich habe nicht mehr viel Zeit. Ich habe meinem Mann versprochen, mit ihm zu Abend zu essen.«

Damoklis war sicher, daß Nana log, da die Essensdüfte aus der Nachbarwohnung bereits zu ihm herüberzogen. Er eilte in die Küche und kehrte mit einem kleinen tiefen Teller und einem Dessertlöffelchen zurück.

»Rate mal, was ich für dich habe«, sagte er und wartete auf ihre immer gleiche Antwort, da Nana für dieses delikate Gericht – Seeigelsalat – eine Schwäche hatte. Er hatte es ihr des öfteren unter riesigem logistischen Aufwand zubereitet, da er im Hochsommer bis nach Rafina, einem dreißig Kilometer von Athen entfernten Küstenstädtchen, fahren mußte, wo ihn ein Fischer zweimal die Woche mit Seeigeln belieferte. So reichte Damoklis Nana die seltene und schwer aufzutreibende stachlige Meeresfrucht zwar stolz, aber so beiläufig wie Brot und Käse.

Und sie schnupperte lustvoll an dem Teller, mit halb geschlossenen, stark geschminkten Augenlidern, und flüsterte heiser die ewig gleichen Zeilen. »Was ist es bloß? Was könnte es nur sein? Seeigel, in einem Tropfen Wasser ertränkt, in einem Tropfen Meerwasser aus der Ägäis.«

»Und das Rezept? Kennst du das Rezept?« fragte Damoklis, um die jedesmal auf dieselbe Art zelebrierte Antwort zu erhalten: »Vermenge in einer kleinen Kristallschüssel zehn Seeigel mit zwei Prisen Passatwind und etwas Zitronensaft.«

Seeigelsalat

Die Seeigel mit einem Spezialmesser öffnen, gut mit Wasser – wenn möglich Meerwasser – ausspülen und säubern bis auf die orangefarbenen Keimdrüsen, die als einzige eßbar sind. Mit einem Löffel sorgfältig herauslösen, in einen kleinen tiefen Teller geben, Zitronensaft darüberträufeln und nicht salzen oder pfeffern.

Bei früheren Treffen, als Nana noch nicht in Eile war und Damoklis noch keinerlei Verdacht hegte, wurde dieser Seeigelsalat von Häppchen aus Meeresfrüchten begleitet, die mit Ouzo oder trockenem, leicht fruchtigem Weißwein mariniert worden waren.

Oktopus vom Holzkohlengrill

Über glimmender Holzkohle einen Grillrost anbringen, und sobald die entsprechende Hitze erreicht ist, die mit dem Messer zerteilten Fangarme des Oktopus darauf legen. Ungefähr fünf Minuten von jeder Seite grillen, bis sie eine tiefviolette Färbung annehmen. Auf einem Teller anrichten und mit einem Schuß Essig beträufeln. Auf keinen Fall salzen oder pfeffern. Die Arme werden mit den Fingern oder, in kleinere Stückchen zerteilt, mit Zahnstochern verspeist.

Oktopus in Weißweinsoße

Jeden Fangarm des ein bis eineinhalb Kilo schweren Oktopus in drei große Stücke schneiden. Den Körper – im Grunde den Bauch – umstülpen, gut von den Innereien reinigen und danach in vier große Stücke teilen; dabei die Augen, die zwischen Fangarmen und Körper sitzen, entfernen. Die Stücke in einem Topf auf kleiner Flamme erhitzen. Nach ungefähr fünf Minuten die bis dahin abgesonderte violette Flüssigkeit abgießen, um eine zu salzige Soße zu vermeiden, da es sich dabei üblicherweise um Meerwasser handelt. Eine halbe Stunde lang auf kleiner Flamme in einer neuen Soße weiterschmoren, die aus der vom Kraken abgesonderten Flüssigkeit sowie einem Glas Weißwein und einem Lorbeerblatt besteht. 1/3 Glas Olivenöl zugeben und fünf Minuten weiterschmoren. Die Oktopusstücke mit der Soße übergießen und servieren.

Gurkensalat

Eine geschälte Gurke in Scheiben schneiden, mit einer Essig- und Öl-Marinade und ein wenig Oregano, Salz und Pfeffer servieren. Nach Belieben einige Kapern darüberstreuen.

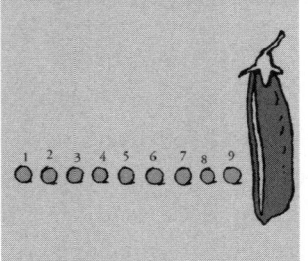

Treffsichere
Erbsenkügelchen

Zwei Stunden später stand Nana in Dimitris' vier
Wänden vor einem prachtvoll gedeckten Tisch und
versuchte, bei mildem Kerzenschein, eine äußerst
bruchstückhafte Begründung der zweistündigen Verschiebung. Dimitris' Nerven waren bis zum Zerreißen
gespannt. Sie führte die Gabel in so regelmäßigen
Abständen zum Mund, daß jeder Satz unvollendet
blieb.

»Ich war gerade dabei, mich auf den Weg zu
machen«, sagte Nana und unterbrach ihre freie
Improvisation, indem sie mit elegantem Gabel-
schwung einen kleinen Bissen Lammfleisch in ihren

22

kirschroten Mund schob. Nachdem sie hinunterge-
schluckt hatte, fuhr sie mit sanfter und einlullender,
jede Silbe gleich betonender Stimme fort: »Und ich
wollte gerade weggehen, war schon fast an der Tür
...« Wieder gebot ein Löffel voll Erbsen ihren Worten
Einhalt.

»Und als du gerade drauf und dran warst, wegzu-
gehen ...?« fragte Dimitris, auf die Fortsetzung der
Geschichte erpicht.

»Ich war ganz genauso angezogen wie jetzt ...« (Noch
ein Bissen und eine neuerliche Unterbrechung.)

»Und dann?« fragte Dimitris.

»... tauchte aus heiterem Himmel mein Mann auf«,
sagte Nana mit kaum hörbarer und so langgezogener
Stimme, daß sie schwer zu verstehen war.

»Aber wieso sprichst du denn so leise? Ich kann dich
kaum hören!« meinte Dimitris.

»Keine Ahnung ... Vielleicht schlage ich angesichts
des zarten Gerichts und seines samtigen Geschmacks
unwillkürlich leisere Töne an. Diese Speise verlangt
nach einem ganz zärtlichen Tonfall. Das ist das köst-
lichste Lammfleisch mit Erbsen, das ich je gegessen
habe. Vortrefflich, Dimitris, vortrefflich! Und wie
hast du nur diese rotgoldene Soße zustande gebracht?
Wie ist es dir nur geglückt, dem widerspenstigen
Tomatengeschmack Zügel anzulegen und seine bruta-

le rote Färbung mit ockergelben Glanzlichtern zu veredeln?« sagte sie langsam, mit ihrer wohldosiert eingesetzten, heiseren und dennoch samtweichen Stimme, ohne jedoch diesmal den Faden ihrer Lobesreden mit einem neuerlichen Bissen zu durchtrennen.

»Und was ist passiert, als dein Mann aus heiterem Himmel auftauchte?« fragte Dimitris, den Nanas Rechtfertigungen mehr interessierten als ihre Lobeshymnen.

»Ach ja, als mein Mann urplötzlich auftauchte«, wiederholte Nana, um offenbar Zeit für die Vorbereitung der nächsten Lüge zu gewinnen.

»Ja und ..., als dein Mann erschien ...?« beharrte Dimitris, einem Wutanfall nahe.

»Als mein Mann auftauchte, war ich zunächst einmal überrascht.« (Sie nahm eine Gabel Römersalat zu sich.) »Ich hatte ihn nicht erwartet. Er hatte mir gesagt, er sei zum Abendessen verabredet.« (Sie führte eine Portion Auberginensalat zum Mund, kaum einen Regentropfen groß.)

»Zum Abendessen verabredet?« meinte Dimitris.

»Mit Geschäftsfreunden«, antwortete Nana.

»Na und dann?« ging er zum Angriff über.

»Er wunderte sich über meinen Aufzug«, sagte Nana und fuhr nun mit ihrer Geschichte fort, ohne sie durch weitere Bissen zu unterbrechen. Sie hatte den Hand-

lungsfaden und ihr Selbstvertrauen wiedergefunden.
»Er dachte, ich ginge heute abend nicht aus. Das hatte
ich ihm am Morgen, als er das Haus verließ, versi-
chert. Ich erklärte ihm, ich sei zum Ausgehen ange-
kleidet, nicht etwa, weil ich weggehen wollte, sondern
weil ich gerade vom Friseur gekommen sei. Auf seine
Bemerkung, er sehe aber keine Veränderung an meiner Frisur, hielt ich ihm entgegen, es gebe außer der
radikalen auch noch die vorbeugende Frisierkunst —
einzelne widerspenstige Haarsträhnen oder aufbegeh-
rende Locken zur Räson und in Form zu bringen.
Denn wenn meine Haare sich einbildeten, sie könnten
fallen, wie sie wollten, stünden sie mir bald zu Berge.
Mein Mann meinte dann: Läge die Zukunft der Frisierkunst ausschließlich in den Händen der Coiffeure
und nicht der Barbiere, dann müßten sich wohl künftige Generationen von Männern die Haare raufen und
einzeln ausreißen, wie einst die vor Trauer rasende
Hekuba.«
Dimitris kostete bissenweise von seinem Essen und
zeigte sich mit Nanas amüsanten Erläuterungen
zufrieden. Er fühlte sich geschmeichelt, daß Nana seinetwegen so feingesponnene Lügengewebe ersann.
»Auf dein Wohl«, sagte er und sie ließen ihre Gläser
klingen.
»Ich glaube, seit ich dich kenne, also von dem Zeit-

punkt an, als sich die Länge meiner Fingernägel und die Höhe meiner Absätze verdoppelte«, fuhr Nana unbekümmert fort, »hat mein Mann eine dunkle Ahnung, daß sein Revier bedroht ist. Ach!«

»Was seufzst du denn?« fragte Dimitris.

»Ach die Sorgen sind's, die Sorgen um die Zukunft! Die plötzliche Rückkehr meines Mannes ist nur ein Indiz für meine Unruhe. Mein Mann vertraut mir nicht mehr, er hat Verdacht geschöpft, er beschattet mich, er treibt mich in die Enge. Er taucht auf, wenn ich nicht mit ihm rechne, und er bleibt verschwunden, wenn ich auf ihn warte. Bevor er endlich ging, probierte er vier Anzüge an. Die ersten beiden, weil die Anzüge nicht zu den Krawatten paßten, und die anderen beiden, weil die Krawatten nicht zu den Anzügen paßten. Er hätte auch noch einen fünften, einen sechsten und auch einen siebten Anzug anprobiert, wenn er nicht gesehen hätte, daß ich mich auszog, abschminkte und meinen Pyjama anzog. Nach seinem Abgang freilich zog ich den Pyjama wieder aus, schminkte mich aufs neue, zog mich an und jetzt werde ich mich wieder ausziehen und bei meinem Aufbruch werde ich mich wieder anziehen und zu Hause wieder ausziehen. Mein Leben ist zu einem einzigen An- und Ausziehspiel geworden. Wie gelingen dir diese butterweichen grünen Erbsenkügelchen bloß so gut?«

»Und was wird mit deinem Mann?« fragte Dimitris.

»Vergessen wir einmal meinen Mann. Ich bin nicht mit dir zusammen, um ständig an meinen Mann zu denken. Sag schon, wie schaffst du es, den zauberhaften Erbsenkügelchen diesen Geschmack zu verleihen?«

»Und wenn er dich jetzt anruft? Wenn er dich anruft, weil er dich zu Hause wähnt? Was ist dann?« fuhr Dimitris voll Sorge um die Zukunft fort.

»Im Schlaf kann man nicht ans Telefon gehen.«

»Richtig«, nickte Dimitris. »Aber wenn er überraschend nach Hause kommt, was passiert dann?«

»Dann wird er mich nicht vorfinden. Das ist alles. Ich werde ihm erzählen, daß ich plötzlich Zahnschmerzen bekam und schleunigst zu meinem Zahnarzt gefahren bin.«

»Zu deinem Zahnarzt? Weit nach Mitternacht?«

»Wenn der Zahnschmerz doch so unerträglich war! Außerdem habe ich ihm schon wiederholt von meinem Zahn vorgejammert, es wird ihn also nicht überraschen. In unserer Lage müssen wir jede mögliche Ausrede parat haben und die notwendigen Schritte einleiten. Ich werde ihm deine Telefonnummer geben. Falls nötig, wirst du behaupten, du seist mein Zahnarzt. Ach, diese Erbsen! Diese köstlichen Kügelchen!«

»Nana, deine Begeisterung für die Erbsen raubt mir

den letzten Nerv. Kügelchen und nochmals Kügelchen! Was für eine abartige Vorstellung! Deine
Kügelchen werden mir noch wie Blei im Magen liegen. Der Weltenbrand am Horizont, dein Mann vor
Eifersucht am Verglühen, die Zukunft unserer Beziehung düster und ausweglos, und du redest von Kügelchen. Himmelherrgott! Schluß! Deine Kügelchen
bringen mich noch um den Verstand!«

Lamm mit Erbsen

Ein halbes Kilo Erbsen aus den Schoten lösen, vier bis fünf Minuten in siedendem Wasser weichkochen, dann in einem Sieb abtropfen lassen. In einem anderen Topf Lammfleischstücke in Olivenöl von allen Seiten anbraten. Sobald sie goldbraun sind, herausnehmen und das Öl abgießen. In etwas weniger Öl fünf bis sechs fein in Ringe geschnittene Frühlingszwiebeln rösten, einen gestrichenen Eßlöffel Mehl hinzufügen und umrühren, damit sich keine Klümpchen bilden. Den Saft zweier reifer Tomaten und ein Glas Wasser dazugeben. Die gesalzenen und gepfefferten Lammstücke in die Soße geben, bei geringer Hitze eine halbe Stunde lang dünsten. Dann die Erbsen und reichlich feingehackten Dill beigeben und eine weitere halbe Stunde schmoren lassen.

In jeder Hinsicht darben lassen

Damoklis hatte gar nicht bemerkt, daß bereits der Morgen heraufdämmerte. Während ein strahlender Tag anbrach, sah er überall nur schwarz. Sein noch unrasiertes Gesicht war leichenblaß vor Schlaflosigkeit, zerfurcht von Gram und Eifersucht.

Heute stand Nanas Besuch bevor, ein Tag der Qualen und Schmerzen. Wie würden die Stunden bis zu ihrer abendlichen Verabredung vergehen?

Was würde er für sie kochen? Ich lasse sie einfach darben, in jeder Hinsicht darben, dachte er. Ich werde mich überhaupt nicht ins Zeug legen. Ich werde nicht einmal den kleinen Finger für sie rühren. Ich ziehe mich nicht um, dusche mich nicht, rasiere mich nicht und koche nicht. Mein Gesicht wird eine einzige

Anklage sein. Sie ist meiner Fürsorge und meiner Küsse – nach ihrer eigenen Aussage die sinnlichsten Küsse, die sie je gekostet hat – nicht wert. Und da ich meine Fähigkeiten sehr gut und unvoreingenommen einzuschätzen vermag, kann ich sagen, daß sie mich nur in diesem Punkt nicht belügt. Nein, sie wird weder meine Küsse noch meine sinnlichen Soßen kosten – und da ich meine Fähigkeiten sehr gut und unvoreingenommen einzuschätzen vermag, kann ich sagen, daß dies der zweite Punkt ist, in dem sie mich nicht belügt. Nein, keine Soßen und auch keine Küsse mehr!

Plötzlich drangen Musikfetzen aus dem spannungsgeladenen Schlußduett zwischen Béatrice und Bénédict, dem Höhepunkt von Hector Berlioz' gleichnamiger Oper, in Damoklis' Zimmer. Und gleichzeitig drängten sich peinigende und befremdliche Vorstellungen in seine Gedanken. Er ertappte sich dabei, daß er mit einem Mal beim Hören seines Lieblingsduetts blanken Haß empfand. Denn dessen Jubel – der triumphale Höhepunkt der Beziehung zwischen den beiden Liebenden – schien ihm den Sinnestaumel seines Rivalen widerzuspiegeln. Die Zeile »L'amour est un flambeau« – »Die Liebe ist einer Fackel gleich« – blendete ihn mit ihrem Strahlen, und obwohl die Augen seiner Phantasie mit Blindheit geschlagen waren, bedrängten ihn die abstoßendsten Bilder: Nanas und Dimitris' von der Fackel der Liebe erleuchtete Umarmungen. Ach, würde doch die Fackel der Liebe für immer verlöschen! Würde doch die Liebe vom Erdboden verbannt, selbst wenn dieser Erdboden danach zu Eis gefrieren müßte ... Gerne wollte er seine Liebe opfern und nie wieder von ihr entflammt werden – doch nur, wenn sein Rivale dasselbe erlitt. »Die Liebe in meiner Seele soll sterben, wenn nur auch Dimitris' Liebe erlischt«, dachte Damoklis. Doch solche Vorstellungen waren bar jeden Realitätssinns. Der verhaßte Rivale triumphierte bereits in den Klängen seiner Glückseligkeit. Aus dem Duett war ein Terzett geworden. Was für eine Schmach! »Meine Lieblingsoper – oder vielmehr, meine nun meistgehaßte Oper – wird für immer aus meinem Repertoire gestrichen«, dachte Damoklis. »Ich werde sie nie wieder hören. Wie kann ich das aber dem Nachbarn verbieten? Soll ich die Fenster schließen? Dann vergehe ich ja vor Hitze!«

Er griff zum Telefon.

»Dimitris, heute schon so früh auf?«

»Wieso denn früh?« entgegnete der glückliche Dimitris. »Es ist mittags, halb eins.«

Damoklis fiel es wie Schuppen von den Augen: Den Unglücklichen vergeht die Zeit wie im Fluge.

Er hatte sich um acht Uhr morgens gewähnt.

»Du verstehst doch, Damoklis? Gestern war Nana hier, und wir haben die Nacht durchgemacht. Und wie wir sie durchgemacht haben! Ha! Ha! Ha!«

»Wenn es dir nichts ausmacht, stell doch die Musik ein wenig leiser, Dimitris. Ich sitze gerade über meiner Steuererklärung. Wenn ich mich da verrechne, dann bin ich dran. Ich muß mich konzentrieren. Und, nimm es mir nicht übel, aber ich finde diese Musik, gelinde gesagt, gräßlich«, klagte Damoklis über sein Lieblingsduett.

»Schon gut«, antwortete Dimitris. »Wenn du mit deiner Rechnerei fertig bist, ruf wieder an, dann lege ich dir eine Platte von Stratos Dionysiou auf.«

Damoklis fiel der Telefonhörer aus der Hand. Was für eine bodenlose Frechheit, mein Gott, eine Unverschämtheit! Eine Beleidigung! Unglaublich ... Und wer nimmt sich so etwas heraus? Dimitris zählt mich zur Fangemeinde von Stratos Dionysiou! Diese Schmähung wird ihn teuer zu stehen kommen. Und was soll der Satz »Wie wir die Nacht durchgemacht haben!«? Was soll ich davon halten?

Von den jüngsten Ereignissen aufgewühlt, stürzte er vier Tassen Kaffee hinunter und begann mit dem streng logischen Vorgehen und den Geistesblitzen eines völlig umwölkten Verstandes neue Pläne zu schmieden. Ich bin zugegebenermaßen ein Hahnrei, dachte er. Doch auch Nanas Ehemann und Dimitris sind jeder für sich ein Hahnrei. Mir geschieht kein schlimmeres Unrecht als diesen beiden. Dimitris ist bloß durch seine Ahnungslosigkeit im Vorteil. Diese Ahnungslosigkeit – und das Glück, das ihm diese Unwissenheit ermöglicht – werde ich ihm austreiben, und zwar langsam, methodisch und qualvoll. Ich werde ihn mit seinen eigenen Waffen schlagen, mit der Waffe, die uns beiden zu Gebot steht: mit Nana. Gleichgültiges, teilnahmsloses oder nachlässiges Vorgehen ist in diesem Fall nicht zweckdienlich. Heute abend werde ich mich Nana gegenüber als unübertrefflich erweisen! Und ich werde besser denn je für sie kochen! Ich werde sie überraschen! Ich werde etwas für sie zubereiten, womit sie überhaupt nicht rechnet. Ich werde die schmackhafteste Ostersuppe kochen, die sie jemals gekostet hat. Obwohl es Ende Juli ist, werde ich ihr das Gericht zubereiten, das sonst nur am Ostersonntag gegessen wird! Wenn das keine Überraschung ist! Ich werde sie mit meiner Kochkunst erobern! Die Kochkunst ist meine stärkste Waffe. Zwar kocht auch Dimitris für sie, doch es ist ausgeschlossen, daß er dies so delikat bewerkstelligt wie ich, vollkommen ausgeschlossen! Ich werde die schwierigsten, die unglaublichsten Speisen für sie an-

richten. Nana wird in Zukunft Sklavin meiner Kochkunst sein. Heute Ostersuppe und morgen einen
Hasen, am besten falschen Hasen. Ich gestehe, ich
kann ohne Nana nicht leben. Ich werde Nana dazu
bringen, daß auch sie nicht mehr ohne mich sein
kann. Oh, ihr großartigen Soßen, ihr Soßen der Liebe,
entfaltet euer Aroma und bringt die Deckel der Kochtöpfe zum Tanzen! Und bis zu meinem sicheren Sieg
werde ich kein Wort über meine Verdrossenheit verlieren! Nana wird meine Bitterkeit nicht schmecken,
nur ihre Zunge ein wenig Zitronensäure. In meinem
Zweikampf mit Dimitris werde ich nicht den kürze-
ren ziehen. Ich werde ihm das Feld nicht kampflos
überlassen! Ich werde nicht klein beigeben und ihm
Nana kampflos überlassen. Entweder werde ich in
Kürze Nana ganz allein besitzen oder ich werde sie –
im schlimmsten Fall – mit ihm teilen. Doch sollte
(was ich mir nicht wünsche) der Fall eintreten, daß
wir sie noch eine ganze Weile teilen müssen, dann will
ich mir einen, wenn auch nur leichten Vorteil ver-
schaffen. Von hundert Prozent soll er ruhig 49 besitzen – und ich 51! Ich werde doch, um Gottes willen,
seinetwegen meinen musikalischen Geschmack nicht
ändern! Er aber soll das sehr wohl tun! Er mag ruhig
Tag und Nacht »Béatrice und Bénédict« hören! Ich
werde ihn schon dazu bringen, dass er Berlioz zu has-

sen beginnt! Unglaublich … Mir zu sagen, ich solle Stratos Dionysiou hören.

Sogleich machte er sich daran, in der Küche von Berlioz' Musik begleitet Lamminnereien für die Ostersuppe kleinzuschneiden. Da in besagter Oper jedoch die Melodie eine größere Rolle spielt als der Rhythmus, hackte er die Innereien mit langsamen, bedächtigen, gravitätischen Bewegungen, bis die Nacht hereinbrach.

Ostersuppe (Majiritsa)

In einem Kochtopf mit siedendem Wasser die Hälfte der Lamminnereien (Leber, Milz, Herz, Lunge und Hals) und 250 g gut gereinigten Pansen drei bis vier Minuten lang kochen. Nach dem Abkühlen das Ganze mit einer Schere in winzige Würfel schneiden, so daß es den Steinchen eines byzantinischen Mosaiks ähnelt. Den Kochtopf reinigen bzw. in einem neuen Kochtopf ein Kilo in zentimeterdicke Scheiben geschnittene Frühlingszwiebel in Olivenöl anrösten. Eineinhalb Eßlöffel Mehl hinzufügen und sorgfältig verrühren, damit keine Klümpchen entstehen. Die Mosaiksteinchen der Innereien sowie ein Bund feingehackten Dill dazugeben, anschließend salzen und pfeffern. Unter ständigem Rühren ein bis zwei Minuten anbraten. Einen Liter Wasser dazugießen und eine halbe Stunde bei mittlerer Hitze dünsten.

Zitronensoße

Danach in einer Suppenschüssel zwei Eigelb und den Saft zweier Zitronen verquirlen. Den Topf von der Kochstelle nehmen, einen Schöpflöffel Suppe in die Schüssel gießen und gut verrühren. Den Vorgang vier- bis fünfmal wiederholen. Dann den Inhalt der Suppenschüssel sofort in den Kochtopf umgießen und durchrühren. Die Mischung auf kleiner Flamme unter ständigem Rühren warm halten, bis sie eindickt.

Die Ostersuppe ohne einen erfrischenden Römersalat zu servieren, ist nahezu undenkbar.
Die äußeren, dunklen Blätter entfernen und nur die kleineren, hellgrünen Blätter und das Herzstück des Salatkopfs zurückbehalten. In Streifen von einem halben Zentimeter schneiden, in eine Salatschüssel geben und drei bis vier in Scheiben geschnittene Frühlingszwiebeln, zwei Stengel feingehackten Dill, einen Schuß Olivenöl, Essig und Salz hinzufügen und gut durchmischen.

Pansenmosaik

Nana konnte jeden Augenblick eintreffen, und Damoklis hatte seine Vorbereitungen gerade erst begonnen. Wie wollte er es bloß schaffen, das ehrgeizige Gericht, das zudem für seine Zukunft mit Nana so entscheidend war, rechtzeitig fertigzustellen? Als er eine Zwiebel mit der Reibe bearbeitete, hätte er fast, aus lauter Eile und Gereiztheit, auch seinen Finger mit verarbeitet. Zum Glück war die Wunde nicht tief. Der Anblick seines blutenden Fingers veranlaßte Damoklis, sich mit Leib und Seele in seine Tätigkeit zu versenken, die Zähne zusammenzubeißen und das Zerreiben von Zwiebeln und Fingern mit gesteigerter Geschwindigkeit fortzusetzen. Ich vergieße mein

Herzblut für Nana, nur für Nana, ach Nana! Auch wenn sie sich ungerecht, grausam und undankbar zeigt, auch wenn sie mich verrät und betrügt, ach Nana!

Zur Eile und Gereiztheit trat nun auch noch die Tollheit, während Berlioz' Musik auf voller Lautstärke seine Leidenschaft immer heftiger entfachte. Ach, sollte Nana sich nur ein wenig Zeit lassen, sollte sie ruhig zu spät kommen. So könnte er das Gericht bereiten und den Tisch decken, so fände sie ihn nicht in dieser Misere vor, umgeben vom Küchenchaos und voller Blut und Tränen. Tränen strömten in der Tat unaufhörlich aus seinen zwiebelgeschädigten Augen, und Blut tropfte von seinen an der Reibe verletzten Fingern. Warum? Warum bloß kam die Herzlose zu spät? Warum kam sie nicht pünktlich, warum kam sie nicht jetzt auf der Stelle, sah seine Tränen und sein Herzblut, das er um ihrer Eroberung willen vergoß?

Ähnlich widersprüchliche Gedanken begleiteten Damoklis diesen leidvollen, dem Kochen geweihten Abend hindurch. Nana hatte sich mittlerweile bereits eine halbe, dann eine, schließlich eineinhalb Stunden verspätet. Damoklis hatte sein Kunstwerk vollendet, einen prächtigen Tisch gedeckt, hatte es geschafft, sich beim Rasieren hingebungsvoll zu verletzen, sich beim Duschen wund zu scheuern, sich beim Binden

der Krawatte fast zu erwürgen und Nana – ach Nana!
– war immer noch nicht aufgetaucht.

Nana erschien zwei Stunden nach dem verabredeten
Zeitpunkt, als sei nichts vorgefallen. Sie machte einige Schritte ins Wohnzimmer und blieb dann – von
Damoklis' stechendem und offensichtlich fragendem
Blick gebannt – stehen. Damoklis sah ihr regungslos
und bedeutungsschwanger in die Augen und wartete
das Crescendo der letzten Arie von Berlioz ab, um im
rechten Augenblick zur Tat zu schreiten. Als dieser
schließlich gekommen war, empfing Nana einen wil-
den, langen Kuß, der mit steigender Lautstärke in
eine ausgedehnte Beißorgie überging; ihre Lippen und
ihre Zunge gingen im blutdürstigen Mund des Mannes wie ein leckes Schiff unter und ihre perlengleichen
Zähne wurden unsanft von Damoklis' Vampirzähnen
bearbeitet. Der orale Zweikampf fand genau mit dem
letzten Ton der Arie sein Ende.

»Was soll denn das jetzt?« sagte Nana. »Was willst du
mir vorführen? Wie Haifische küssen?«

Nanas Bemerkung ließ Damoklis das Blut in den
Adern gefrieren. Ich werfe sie hinaus! Ich werfe die
kleine Nutte auf der Stelle hinaus! Ich jage sie von
meiner Schwelle! Nein, ich jage sie nicht fort. Was
habe ich denn davon, wenn ich sie hinauswerfe? Nur,
daß sie den Rest der Nacht in Dimitris' Armen ver-

bringt. Und Dimitris steht als Gewinner da. Nein, ich setze sie lieber nicht vor die Tür.

Gleichzeitig beobachtete Damoklis, wie Nana in seinem Sessel die ihm nur allzu bekannte Pose einnahm, die so wohl einstudiert war, daß sie sich in keinster Weise von ihrer Pose vorgestern und an ihrem ersten Abend unterschied. Mit ihrer Haltung hatte Nana den Verwendungszweck des Sessels ad absurdum geführt. Eine Sitzgelegenheit, die zum bequemen Ausruhen einlud, hatte sich in einen Sockel verwandelt, auf dem sich Nana in ihrer im wahrsten Sinn des Wortes sinnenfreudigsten Form präsentierte. Damoklis stockte der Atem. Dieses Standbild verdiente einzig und allein den Titel »Perversion«. Jedes andere Wort würde der Wirklichkeit nicht gerecht. Diese Körperhaltung gewährte einen freizügigen Blick auf ihre bebenden Glieder, während ein Detail – ihr hochhakkiger Schuh, der wie von einem imaginären Faden festgehalten an ihrem Fuß hing – sein Herz in hellen Aufruhr versetzte.

Damoklis fühlte sich angesichts dieses absurden und doch so gewohnten Anblicks ein weiteres Mal geschmeichelt bei dem Gedanken daran, welche Kniffe die Liebeskunst aussheckte, um Augen und Seele des Geliebten – also seine Augen und seine Seele – zu ergötzen. Seine Träume wurden jedoch von der

Gewißheit überschattet, daß die professionelle Nana frappant ähnliche Künste anwenden würde, um Augen und Seele seines Rivalen Dimitris zu ergötzen.

Dieser unangenehme Gedanke wurde von Nanas heiserer Stimme unterbrochen, die fragte, ob sie rauchen dürfe.

»Steck dir eine Zigarette an. Seit wann fragst du nach meiner Erlaubnis? Habe ich dir jemals das Rauchen untersagt?« entgegnete Damoklis.

»In dieser Haltung kann ich nicht rauchen«, meinte Nana.

»Dann setz dich normal hin und steck dir eine Zigarette an.«

»Aber ich will meine Position nicht verändern. Ich nehme sie doch nicht ein, um angestarrt zu werden, sondern weil sie mich entspannt. Du kannst dir nicht vorstellen, wie müde ich bin.«

»Im Ernst, Nana? Eine entspanntere Haltung hab' ich noch nie gesehen ... und auch keine unnatürlichere, versteht sich.«

»Im Ernst, Damoklis? Diese Haltung ist genau deshalb die entspannendste, weil sie die natürlichste ist.«

»Und was kann ich für dich tun?« fragte Damoklis perplex.

»Du sollst dich neben mich knien, mir eine Zigarette in den Mund stecken und ich werde sie mit tiefen, genießerischen Zügen rauchen. Für jeden neuen Zug zählst du bis zwölf.«

»Müde, na klar«, dachte Damoklis und schauderte. Wie sollte sie nach der vorangegangenen exzessiven Nacht erholt aussehen? Aber ihre Pose? Ist es denn die Möglichkeit, daß dieses akrobatische Kunststück erholsam sein kann? Obgleich er sich verspottet fühlte wie noch nie in seinem Leben, obgleich er außer sich war angesichts ihrer unerhörten Dreistigkeit, gehorchte er, kniete sich vor sie hin und befolgte ihre Anweisungen bis ins kleinste. Nachdem sie drei Zigaretten geraucht hatte, erklärte Nana, sie habe Hunger. Nun war also der große Moment der Ostersuppe gekommen, der große Augenblick seiner siegesgewohnten Kochkunst.

Der so umsichtig und üppig gedeckte Tisch fand gar keine Verwendung, da Nana es vorzog, in der gerade beschriebenen Position der Perversion zu speisen. Sie rührte nicht mal den kleinen Finger. Damoklis ging wieder in die Knie und flößte ihr mit einem Dessertlöffelchen die Ostersuppe ein, nachdem sie verlangt hatte, den uneleganten Spaten, wie sie den Suppenlöffel nannte, auszuwechseln. Nicht genug damit, daß sie nach einer kleinen Kostprobe das Gericht nicht in den Himmel hob. Nein, ganz im Gegenteil, sie ließ kein Wort verlauten, von einem Dankeschön ganz zu schweigen.

»Sagst du gar nichts zur Ostersuppe?« wunderte sich Damoklis, der völlig baff war und nur mit Mühe seinen Zorn im Zaum und den Teller in der Hand halten konnte, obwohl er ihn liebend gern Nana ins Gesicht geschleudert hätte.

»Was soll ich denn dazu sagen?« entgegnete Nana. »Sie erinnert mich an Mosaiksteinchen, die in einer trüben Brühe schwimmen«, meinte sie zu den so mühselig feingehackten Bestandteilen, aus denen sich das Gericht zusammensetzte.

»Also daran erinnert sie dich?« stotterte Damoklis verblüfft.

»Ja, an so etwas wie ein Pansenmosaik. Jedenfalls besser, als hättest du mir etwas noch Ekligeres gekocht: Sülze zum Beispiel oder gar Kuttelsuppe«, schloß Nana.

Damoklis hatte noch niemals eine demütigendere Niederlage einstecken müssen. »Doch die Stunde naht, wo sie am Boden zerstört sein wird. Morgen wird Dimitris sie nicht bloß müde, sondern zerschlagen und zermürbt erleben. Das wird eine so exzessive und hemmungslose Nacht, daß ich keine Garantie dafür übernehme, ob Nana den morgigen Tag noch übersteht«, dachte Damoklis und stürzte sich rachedurstig und tollwütig in ihre Arme.

Sülze (Pichti)

Einen kleinen Schweinskopf in ein passendes Gefäß legen und zweieinhalb Stunden mit lauwarmem Wasser bedeckt stehen lassen. Dann unter fließendem Wasser abspülen, in einen großen Kochtopf geben, dazu einen in zwei Teile geteilten Kalbsfuß, und mit Wasser bedecken. Während des ersten Aufkochens den Schaum abschöpfen und zwei große, mit Nelken gespickte Zwiebeln, zwei kleine Selleriestangen, je einen halben Eßlöffel Pfefferkörner und Wacholderbeeren sowie Salz hinzufügen. Den Kochtopf zudecken und vier Stunden lang bei mittlerer Hitze vor sich hin köcheln lassen.

Vom Herd nehmen, das Fleisch von Kopf und Keule ablösen und in kleine Stücke zerteilen. Die Flüssigkeit durch ein sehr feines Sieb gießen und unter Hinzufügung von zwei zerdrückten Knoblauchzehen und drei Eßlöffeln Essig zwanzig Minuten lang kochen lassen. Die Fleischstückchen in Schälchen verteilen und jeweils ein bis eineinhalb Schöpflöffel der Flüssigkeit dazugießen. Die Schälchen kühl stellen, bis die Masse eindickt. Dann die Schälchen ganz kurz in siedendes Wasser tauchen und auf Teller stürzen.

Kuttelsuppe (Patsas)

Magen und Füße vom Lamm reinigen und abspülen
(bei einem Kalb reicht ein Fuß). Mit Zitrone einreiben, wieder abspülen und in reichlich Wasser zunächst auf mittlerer, später auf kleiner Flamme acht
Stunden lang vor sich hin kochen lassen. Salz und
Pfefferkörner beifügen und beim ersten Aufwallen den
Schaum abschöpfen. Sehr heiß servieren, nach Belieben pro Teller einen Eßlöffel Knoblauchessig zugeben.
(Dafür zwei kleingehackte Knoblauchzehen mindestens zwei Stunden lang in einer Tasse Essig ziehen
lassen.)

Die himmlische Ewigkeit der Gaumenfreuden

»Tja ... Die Sache sieht nicht gut aus«, sagte Dimitris zu Nana. »Ein Ehemann, der sich mehr von seiner blindwütigen Eifersucht als von deiner blendenden Schönheit hinreißen lässt, spioniert dir hinterher. Was meinst du? Was können wir da unternehmen?«

»Was *ich* da unternehmen kann, meinst du wohl. Dimitris, was willst du tun? Dir bleibt nur, mich zu lieben, mich heftiger und immer heftiger zu lieben, weiter nichts«, entgegnete Nana.

»Lauter Schwierigkeiten! Schwierigkeiten und Hindernisse«, murmelte Dimitris und dachte: »In der Not wachsen Liebende über sich hinaus.«

»Wie ist das nur möglich!« erregte sich Nana. »Wie ist es möglich, daß der Ehemann mehr Rechte hat als der Liebhaber! Das ist unbegreiflich, das werde ich nicht zulassen.«

»Ich habe für deinen Ehemann vollstes Verständnis«, meinte Dimitris. »An seiner Stelle würde ich mir dieselben Gedanken machen und genauso handeln.«

»Das heißt«, schimpfte Nana zornentbrannt, »du würdest deine geliebte Ehefrau verdächtigen, selbst wenn sie dir, ganz so wie ich, keinerlei Anlaß zu solchen Beschuldigungen gäbe?«

Da dieser Gedankengang Dimitris schlichtweg die Sprache verschlug, seufzte Nana tief auf und flüsterte: »Ihr Männer seid alle gleich.« Und sie fuhr entschlossen und fast zornig fort: »Es ist – verehrter Herr Dimitris! – absolut inakzeptabel, daß Ehemann und Liebhaber die gleichen Rechte haben sollen. Ehemann und Liebhaber sind überhaupt nicht zu vergleichen. Das sind zwei völlig unterschiedliche Paar Stiefel. Der Ehemann hat Pflichten, und der Liebhaber hat Rechte.«

»Aber Nana, auch ich habe einige Pflichten, oder etwa nicht? Gewissen Pflichten will ich sogar nachkommen ... Nicht nur auf Rechte pochen. Ich möchte meine Pflichten nicht verlieren«, schloß Dimitris nachdenklich.

»Wenn du Pflichten willst, bitte schön, das ist dein gutes Recht«, sagte Nana. »Und ich glaube nicht, daß du dich beschweren kannst. Respektiere ich deine Pflichten etwa nicht? Pflichten, die du dir mühsam erkämpft hast – mit Fug und Recht, mit Messer und Gabel? Dimitris, Dimitris, du bist ein exzellenter Koch. Wie könnte ich dich von der Verpflichtung befreien, für mich zu kochen?«

So gelang es Nana, ihn zu beruhigen. Und während ihre langen, schmalen Finger sich kunstvollen Liebkosungen widmeten, murmelte sie heiser und gedehnt das Rezept des Gerichts, das sie soeben verkostet hatte. »Du hast dich wieder selbst übertroffen. Du hast rötlich-blasses zartes Kaninchenfleisch in siedendes Öl getaucht und in einen Traum aus Rot und Gold verwandelt. Dann hast du den Saft frischer Tomaten hinzugefügt und das geeignete farbliche Umfeld geschaffen, das heiße und feuchte Umfeld, das für mehr als eine Stunde das sterbliche, irdische Fleisch in sich aufnahm, bevor es auf den Teller gelangte und von dort in die himmlische Ewigkeit der Gaumenfreuden einging. Und winzig kleine, kugelrunde Zwiebeln, Piment, Zimt, Nelken und Lorbeer haben es begleitet.« Dimitris, der erschöpft im siebten Himmel schwebte, war bereits eingeschlummert.

Als Dimitris kurz vor ein Uhr nachts aufwachte, hatte

Nana bereits lautlos und ohne ihn zu wecken, die Wohnung verlassen, um für die angedrohte frühzeitige Rückkehr ihres Gatten gewappnet zu sein.

Ein glückseliger Taumel ließ Dimitris kein Auge mehr zu tun. Und dieser glückselige Taumel drängte aus seinen eigenen vier Wänden hinaus ins Freie. Er spürte das unbändige Verlangen, sein Glück mit jemand anderem zu teilen, jemandem, der ihm nahe – sehr nahe – stand.

Was die Unannehmlichkeiten betraf, die aus dem Mißtrauen von Nanas Ehemann erwuchsen, so hatte er bis übermorgen Zeit, bis zu ihrem nächsten Treffen, um mit kühlem Kopf darüber nachzudenken und Verteidigungs- oder Angriffspläne zu schmieden. Vorläufig begnügte er sich damit, verzaubert von Nanas Nektarlippen zum Telefon zu taumeln. Er blätterte kurz in seinem Adreßbüchlein und wählte Damoklis' Nummer.

»Damoklis? Hier spricht Dimitris ...«

»Ich weiß nicht warum, aber gestern abend mußte ich die ganze Zeit an dich denken ...«

»Ja, du bist mir nicht aus dem Kopf gegangen. Keine Ahnung, wie du das auffaßt, vielleicht maße ich mir ein bißchen viel an, weil ich so glücklich bin ...«

»Na ja, sei's drum, faß es auf, wie du willst ...«

»Nein, ich bin nicht betrunken, ich versichere dir, ich bin nicht betrunken ...«

»Verliebt, ja, bis über beide Ohren verliebt, bis über beide Ohren ...«

»Das kommt aufs selbe raus. Du hast recht. Ob man nun betrunken ist oder verliebt ...«

»In Nana! Ach Nana! Du kennst Nana ja nicht! Du kannst dir nicht vorstellen, wie Nana ist ...«

»Warum ich dir das alles sage? Warum gerade dir? Was weiß ich! Weil du mir nahestehst, obwohl ich dich kaum kenne – und ›kaum‹ wäre schon zuviel gesagt. Außerdem stehst du mir wortwörtlich nahe, du wohnst ja auch gleich nebenan ...«

»Entschuldige bitte die nächtliche Ruhestörung und daß ich dich geweckt habe, aber, Damoklis, ich konnte mein Glück einfach nicht für mich behalten. Ich mußte es jemandem mitteilen. Und mit jemandem teilen. Und da kamst du mir in den Sinn ...«

»Ach, Damoklis. Nana ist gerade weggegangen. Ich sehe sie noch immer vor mir, wie sie sich nackt auf dem Sofa räkelt. Ihr schweres Parfüm liegt noch in der Luft und wird die ganze Nacht meine Wohnung durchströmen ...«

»Ja, du hast es erraten. Genau. Zwei Zimtnelken. Nicht eine und auch nicht drei. Du bist phänomenal ...«

»Du hättest dir die Finger geleckt, Damoklis. Nana jedenfalls tat es. Sie hat Finger, Damoklis, Finger!

Unglaublich, diese Finger. Dichter vergangener Zeiten hätten ihre Lilienfinger besungen ...«

»Es sind noch zwei Portionen übrig. Wenn du Lust hast, können wir morgen abend zusammen essen ...«

»Nein, morgen abend sehe ich sie nicht. Leider nicht. Man kann nicht alles haben. Leider, Damoklis, habe ich Nana nicht für mich alleine ...«

»Ich habe zwar das größte Stück, den Löwenanteil, für mich reserviert, doch ein anderer hat ebenfalls noch Anrechte auf sie ...«

»Ja, Damoklis, sie ist verheiratet. Auf jeden Fall steht auch dem Ehegatten ein Stückchen von Nana zu ...«

»Du kannst morgen abend nicht? Alles klar. Da siehst du deine Nana. Natürlich hast du auch eine Nana ...«

»Zu Mittag. Ja, zu Mittag. Ich hebe das geschmorte Kaninchen für das Mittagessen auf ...«

»Ich war sicher, daß du dich freuen würdest, Damoklis. Wäre ich nicht sicher gewesen, dann hätte ich dich nicht angerufen. Du gehörst zu den wenigen, ganz seltenen Menschen, die sich über das Glück anderer freuen können. Mein Gefühl hat mich nicht getrogen ...«

»Gute Nacht, Damoklis. Auch dir die allerbesten Wünsche, Damoklis, auch dir.«

Geschmortes Kaninchen (Stifado)

Das Kaninchen in vier Stücke teilen und in eine Marinade legen, die aus einem dreiviertel Liter Weißwein, drei Eßlöffeln Essig, zwei Eßlöffeln Olivenöl, einem Lorbeerblatt, einem Zweig Thymian, einer großen, in Stücke geschnittenen Zwiebel, zwei zerdrückten Knoblauchzehen, einem Stengel Petersilie, einer kleinen Selleriestange und einer mittelgroßen, in Scheiben geschnittenen Karotte besteht und mit Piment- und Pfefferkörnern sowie Zimt und zwei Nelken gewürzt wird.

Nach vierundzwanzig Stunden das Fleisch gut abtropfen lassen, salzen, pfeffern und in ein wenig Olivenöl goldbraun anbraten. Die Marinade durch ein feines Sieb seihen und hinzufügen, außerdem mit einer Tasse Rinderbrühe, einer Tasse frischen Tomatensaft, mit einem Kaffeelöffel Tomatenmark, einem halben Kaffeelöffel Zucker, Pfeffer- und Pimentkörnern, Zimt, zwei Nelken und einem Lorbeerblatt würzen, anschließend salzen und pfeffern.

Eine Stunde lang köcheln lassen. Ein halbes Kilogramm Perlzwiebeln kurz anrösten und dann hinzugeben. Noch eine weitere Stunde dünsten.

Durch die eigene Soße
hingemeuchelt

Dimitris' Anruf stürzte Damoklis in den Schlund der Hölle. Sicher, er hatte sich nicht der geringsten Täuschung über Nanas Naturell hingegeben. Zudem hatte er aus ihrem eigenen Mund ihre Abtrünnigkeit bestätigt bekommen. Doch von dieser Abtrünnigkeit aus dem unverschämten Mund des triumphierenden Nebenbuhlers zu hören, war etwas ganz anderes, es war demütigend und beschämend. Der Satz »Nana räkelte sich nackt auf dem Sofa« gab ihm den Rest. Jedes Wort dieses Satzes bohrte sich in seine Schläfen, grub sich wie ein Axthieb in sein Herz.

Mit einem Schlag verpuffte Damoklis' Feindseligkeit gegenüber Nanas Ehemann und richtete sich nunmehr auf Dimitris Isavridis. Damoklis begann, mit

Nanas Gatten zu sympathisieren und sich merkwürdig in ihm wiederzuerkennen. Als sei er selbst Nanas Ehemann. Er und der Gatte gehörten zur Gemeinde der Liebesmärtyrer. Er verstieg sich sogar zu einer möglichen geheimen Zusammenarbeit mit dem Ehemann. Er würde ihm einen anonymen Brief schreiben, in dem er Dimitris Isavridis beim Namen nannte und an den Pranger stellte. Gerade noch rechtzeitig hinderte ihn ein letzter Rest von Einsicht daran, die moralische Verworfenheit der Geliebten zu verurteilen und zu bestrafen. Hatte er doch selbst seelenruhig daraus Nutzen gezogen, so lange er sich noch ohne Gegenspieler wähnte. Es erschien ihm absurd, zur Wiederherstellung der Moral beizutragen, wo er doch bis vor kurzem erfolgreich ihren Niedergang betrieben hatte.

In Damoklis' kräfteraubender, die ganze Nacht währenden schwarzen Messe lagen Eifersucht und Müdigkeit in einem gnadenlosen Zweikampf, aus dem schließlich kein Gefühl als Sieger hervorging. Es war ein endloses Duell, in dem Eifersucht und Müdigkeit einander irrwitzigerweise immer stärker anfeuerten, statt sich zu erschöpfen.

Nun geschah es, wie fast immer in solchen Fällen, daß die Eifersucht die Oberhand behielt. Nachdem er von dem Gedanken, den Ehemann zu informieren, abgelassen hatte, malte er sich in den schillerndsten Farben aus, wie er zum Mörder seines Nachbarn würde. Er stellte sich die kindischsten und geschmacklosesten Mordvarianten in allen Einzelheiten vor. Sogar vor einer Handgranate schreckte er nicht zurück. Er dachte daran, sich an einen alten Freund, einen ehemaligen Mitschüler, zu wenden, der mittlerweile zum Major befördert worden war und ihm das sonst schwer aufzutreibende Mordwerkzeug beschaffen sollte. Doch einige nebensächliche Details vereitelten die Durchführung der Mordtat mittels Handgranate. Der Major würde nämlich noch schwieriger aufzutreiben sein als die Handgranate, da er ihn seit mindestens zehn Jahren aus den Augen verloren hatte. Zudem würde er eine, egal wie rudimentäre, theoretische Schulung brauchen, was den gezielten Wurf, das fachgerechte Entsichern, die sekundengenaue Abschätzung der Detonation und anderes betraf. Zudem lief er Gefahr, zusammen mit Dimitris selbst in der Luft zerrissen zu werden.

Gegen Brandstiftung in Dimitris' Wohnung sprach, daß auch seine eigene Wohnung in Schutt und Asche gelegt würde, sollte das Löschen des Feuers nicht rechtzeitig gelingen.

Ein Angriff mit dem Messer wiederum hätte für einen unerfahrenen Messerstecher wie Damoklis den Nachteil, daß sein Rivale möglicherweise nicht den Tod fand. Das wäre wahrlich das allerschlimmste! Dimitris, ein Opfer seiner Liebe, könnte in einem Krankenhausbett als strahlender Held Nanas beispiellose Fürsorge genießen und noch dazu ihre Zuneigung in doppelter Ausfertigung, da sich ihre ganze Liebe mit einem Schlag auf Dimitris allein konzentrieren würde. Abgesehen von Damoklis' sicherer Einkerkerung würde so vor allem das fein austarierte Gleichgewicht der Liebe sich hundertprozentig zu Dimitris' Gunsten verändern.

Auch der Tod durch Gift wäre praktikabel, und ohne große Vorbereitungen, ohne Aufschub und gefährliches Zaudern zu bewerkstelligen. Verschaffte ihm nicht der arglose Dimitris selbst die einzigartige, die heiß ersehnte Gelegenheit, indem er ihn zu sich einlud, um die Reste des geschmorten Kaninchens zu verspeisen? Dort, in seinen eigenen vier Wänden, würde er den Rivalen zur Strecke bringen. Das war die Gelegenheit! Das Opfer als Mittäter, das Opfer als Anstifter der eigenen Ermordung! Damoklis würde als erfahrener Koch behaupten, Dimitris helfen zu wollen, dabei ohne Probleme in die Küche vordringen und zwei Tropfen Blausäure in die Soße träufeln. Dimitris abzulenken würde nicht schwer sein, da dieser ja keinerlei Verdacht hegte. Bei Dimitris' auf der

Stelle eintretendem Todeskampf würde er, Damoklis, sofort aus der Wohnung verschwinden. Kein Mensch im ganzen Wohnhaus wußte um ihre eigentümliche, erst kürzlich zustande gekommene Bekanntschaft. Die Möglichkeit des Giftmordes ergötzte ihn außerordentlich. Sein Gegenspieler wäre nicht nur Mittäter, sondern sogar Anstifter seines eigenen gewaltsamen Endes. Er würde durch seine eigene Hand, durch seine selbstgemachte Soße, sein Ende finden – eine jener Soßen, mit denen er Nana auf niederträchtige Weise verführt hatte.

Damoklis' mörderische Gedanken wurden durch das Telefon brutal unterbrochen. Nana war am Apparat.

»Endlich ist mein Mann weg! Ich stellte mich schlafend, um seinen Liebkosungen und einem Gespräch auszuweichen. Sobald er ging, raste ich zum Telefon. Ich konnte es kaum erwarten! Denk dir, wie weit mich meine gierige Ungeduld getrieben hat: Ich stürzte unfrisiert zum Telefon, als hätte man mich aus dem Schlaf gerissen! Damoklis, du kannst stolz auf deine kleine Nana sein. Zum ersten Mal telefoniere ich unfrisiert mit dir, mit zu Berge stehenden Haaren. Obwohl … eigentlich passen sie so zu mir. Selbst mit zu Berge stehenden Haaren bin ich wunderhübsch, vielleicht sogar noch mehr als wunderhübsch. Ich würde dir bestimmt gefallen. Zu einem unserer nächsten Treffen komme ich dann auch unfrisiert. Ach Damoklis, ich habe fern von dir eine schwierige, eine unangenehme Nacht verbracht. Nicht in deinen Armen zu liegen, ist kaum auszuhalten. Ich habe die ganze Nacht tief und fest geschlafen, selig geschlummert. Aber gleichzeitig habe ich mich auch unruhig hin und her gewälzt. Es gibt nicht nur ein nervöses Lachen, Damoklis. Es gibt auch ein nervöses Schlafen. Nun sag schon was, Damoklis, laß hören.«

»Was soll ich denn sagen, Nana! Ich bin stolz auf dich«, antwortete Damoklis.

»Ach, endlich kann ich mit dir reden«, fuhr Nana fort. »Endlich höre ich deine Stimme, und endlich kann ich dir schwierige Speisen für unser heutiges Abendessen auftragen. Speisen, deren Zubereitung große Mühe kostet und sich äußerst langwierig gestaltet. Heute wirst du dich plagen. Den ganzen Tag wirst du dich mit mir beschäftigen. Du wirst grob und klitzeklein hacken, du wirst klitzeklein und grob hacken, den lieben langen Tag, bis der Mond aufgeht und wieder untergeht in deiner Wohnung, ein kugelrunder und wohlfrisierter Mond.«

»Ach, Nana«, stöhnte Damoklis.

»Ich will von dir die schwierigen, mühevollen und langwierigen Speisen, von denen ich die ganze Nacht geträumt habe. Ich weiß, Damoklis, auch du liebst heikle Aufgaben. Die komplizierten Gerichte, die du mir zubereiten sollst, werden der angemessene Lohn meiner Liebe sein.«

»Von welchen Speisen hast du denn geträumt?« fragte Damoklis.

»Von gefüllten Paprikaschoten«, entgegnete Nana. »Von gefüllten Zucchini, die eine Hälfte im Ofen überbacken, die andere mit Zitronensoße. Von Tomaten, ebenfalls gefüllt. Und außerdem von gefüllten Weinblättern und Kohlrouladen.«

»So viele Gerichte?« fragte Damoklis erschrocken.

»Alle diese Speisen, Damoklis, und was dein Herz sonst noch begehrt. Du wirst das Abendessen meiner Träume verwirklichen. Nun muß ich aber aufhören. Dir bleibt nicht viel Zeit. Du hast so viele Dinge vorzubereiten! Du mußt auf den Markt gehen. Und ich laufe schnell zum Friseur.«

Gefüllte Paprikaschoten, Tomaten und Zucchini (Jemista)

Die Tomaten mit einem Kaffeelöffel sorgfältig entkernen, ebenso die Zucchini aushöhlen. Die Kerne der Paprikaschoten entfernen. Für jeweils drei mittelgroße Tomaten, Paprikaschoten und Zucchini eineinhalb Tassen Langkornreis gründlich waschen. In einem kleinen Topf mit einer halben Tasse Olivenöl den Reis zwei Minuten auf kleiner Flamme unter ständigem Rühren anbraten. Den abgeseihten Saft der Tomaten hinzugeben, dann zwei große geriebene Zwiebeln, fünf feingehackte Knoblauchzehen und ein halbes Bund zerkleinerte Petersilie und Dill hinzufügen; mit einer halben Handvoll getrockneter, zwischen den Fingern fein zerriebener Gartenminze, Salz und Pfeffer würzen. Eine halbe Tasse Wasser und eine drittel Tasse Olivenöl dazugeben. Fünf bis sechs Minuten unter ständigem Rühren kochen, dann vom Herd nehmen. Auf ein Backblech eine drittel Tasse Olivenöl und eineinhalb Tassen Wasser geben, das Gemüse darauf verteilen und mit einem Löffel jeweils nur zu vier Fünfteln füllen, sonst sprengt der Reis beim Aufquellen das Deckelchen. Bei den Tomaten und Paprikaschoten den obersten Teil des Gemüses als Deckelchen verwenden, bei den Zucchini dünngeschnittene Kartoffelscheiben. Im Ofen bei mittlerer bis starker Hitze

40-45 Minuten überbacken. Lauwarm oder kalt servieren.

Kohlrouladen

Von einem Kopf Weißkohl die äußeren Blätter abschälen, drei Minuten in siedendem Wasser blanchieren und abtropfen lassen. Mit einem schmalen, scharfen Messer die etwas dickeren Strünke wegschneiden. Nun die Blätter in Rechtecke von 10 x 8 cm schneiden.

An den Rand des Rechtecks jeweils einen Eßlöffel der gut durchmischten Füllung setzen, die aus 350 g gehacktem Rindfleisch, einer halben Tasse Reis, einer drittel Tasse Olivenöl, einer großen geriebenen Zwiebel, zwei feingehackten Knoblauchzehen, jeweils drei Stengeln gehackter Petersilie und Dill, Salz und Pfeffer besteht.

Die Füllung mit den Blättern umwickeln, so daß kleine, kompakte, ungefähr 5 cm große Zylinder entstehen. Den Boden des Topfes mit einigen Kohlblättern auslegen und die Rouladen übereinanderschichten. Eine drittel Tasse Olivenöl und drei Tassen Wasser oder, falls zur Hand, Rinderbrühe, hinzufügen. Zudecken und 40 Minuten dünsten lassen.

Danach aus dem übriggebliebenen Saft die Zitronensoße wie im Rezept der Ostersuppe (vgl. S. 37) bereiten und darübergießen.

Gefüllte Zucchini

Das Innere der Zucchini, wie auf S. 62 bereits beschrieben, aushöhlen. Mit derselben Mischung füllen wie die Kohlrouladen, eine weitere halbe Tasse frischen Tomatensaft hinzufügen. Im Ofen 40-45 Minuten überbacken.

Gefüllte Zucchini mit Zitronensoße

Die Zucchini mit derselben Mischung füllen wie oben, genauso zubereiten und die bereits bekannte Zitronensoße darübergießen.

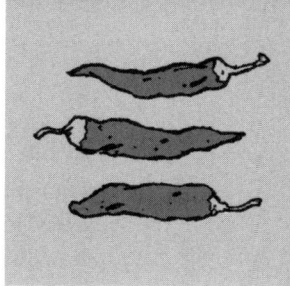

Geschmortes Kaninchen,
das im Halse steckenbleibt

Zu Mittag fand sich Damoklis im Hauptquartier seines Widersachers ein, wo er seinen teuflischen Plan
ausführen wollte: nämlich Dimitris' Glück, das uner-
freulicherweise auf purer Unwissenheit beruhte, ein
für allemal zu zerstören. Auf bewährte, langsame, raf-
finierte Art und Weise wollte er dem Rivalen löffel-
weise kleine, bittere, wohlabgewogene Dosen von
Wissen verabreichen. Die Erkenntnis würde schließlich das utopische Serail zum Einsturz bringen, in
dem Dimitris sich wie ein Pascha breitgemacht hatte.
Der überaus zuvorkommende Gastgeber führte den
Nachbarn durch seine Wohnung. Während dieser
kurzen Bestandsaufnahme wurde Damoklis' Mannes-

ehre bis in die Grundfesten erschüttert. Das ungemachte Bett zeugte von den Liebesspielen seiner Geliebten im Feindesland. Ihr schweres Parfüm hatte sich noch nicht verflüchtigt, und das schlimmste war: Das Paar hochhackige Pantoffeln mit der schwarzen Quaste, *sein* Geschenk an Nana, prangte keck auf dem Bett.

»Du bist ja leichenblaß«, meinte Dimitris.

»Das liegt nur am Licht«, antwortete Damoklis.

Im Eßzimmer prangte eine gerahmte Fotografie von Nana. Es war eine Vergrößerung einer der Aufnahmen, die Damoklis selbst vor zwei Wochen geschossen hatte. Auf der so lebensnahen Fotografie schien ihm Nana mit kessem Blick und sinnlichen, halb geöffneten Lippen plötzlich lautstark »Vollidiot! Vollidiot!« entgegenzuschleudern. Damoklis vergaß sich einen Augenblick und preßte die Hände an die Ohren.

»Warum hältst du dir die Ohren zu?« fragte Dimitris.

»Ich spürte einen stechenden Schmerz, wohl die Nachwehen einer Mittelohrentzündung, an der ich im letzten Winter laborierte«, erwiderte Damoklis.

Kurz darauf saßen sich beide am Tisch gegenüber und kosteten das Kaninchen, von dem Nana am Vortag gegessen hatte. Damoklis' Herz wand sich, es wand sich beim Verzehr von Dimitris' wirklich ausgezeichnetem Schmorkaninchen. Daß ihm Dimitris' Komposition so mundete, paßte ihm ganz und gar nicht. Er hatte Dimitris' Einladung in dem Glauben angenommen, daß er aus dem Vergleich als Sieger hervorgehen würde. Doch nicht genug damit, daß er nicht triumphierte, er aß auch immer größere Bissen von dem Kaninchen, das ihm im Hals steckenzubleiben drohte.

Er mußte etwas tun, irgend etwas, um das Selbstvertrauen seines Gegenspielers zu erschüttern. Sein Vorhaben, den Samen des Zweifels und des bösen Verdachts in Dimitris' Seele zu versenken, schob er immer weiter auf, da seine Moral durch die ständigen Angriffe und Beleidigungen zerstört war. Nun wurde er von Dimitris aufgefordert, eine Reihe von aufreizenden Fotografien, die er selbst vor einigen Tagen gemacht hatte, zu betrachten und vor allem so zu tun, als bewundere er sie. Außerdem mußte er sich anhören, wie Dimitris eindringlich Einzelheiten der Liebesspiele mit ihrer gemeinsamen Geliebten schilderte, in der beinahe kindlichen und doch so vulgären Art und Weise, wie Männer über Liebesangelegenheiten reden.

»Und wie sieht deine Freundin aus? Kannst du mir ein Foto zeigen?« fragte Dimitris.

»Ich lasse mir nie Fotos von den Frauen geben, in die ich mich verliebe«, antwortete Damoklis. »Die Liebe ist so vergänglich, sie endet stets mit Trennung. Die Erinnerung daran tut weh. Ich möchte keine Spur einer vergangenen Liebe behalten. Nein, ich habe keine Fotografie.«

»Tut mir leid, Damoklis. Ich konnte mir nicht vorstellen, was bei dir abläuft. Wenn jemand so verliebt ist wie ich, dann kann er sich nicht ausmalen, daß sein Nächster an der unerträglichen Bitterkeit enttäuschter Liebe fast zugrunde geht. Ich nehme an, Damoklis, du hast gerade eine große Enttäuschung in der Liebe erlebt.«

»Diese Enttäuschung wünsche ich nicht einmal meinem ärgsten Feind«, sagte Damoklis und leitete damit den Angriff auf seinen ärgsten Feind ein. »Verstehst du, Dimitris, es ist schmerzlich, es ist unerträglich, die Geliebte mit einem anderen zu teilen.«

»Armer Damoklis, ich verstehe. Betrügt sie dich?«

»Sie betrügt mich, und zwar mit ihrem Ehemann.«

»Und deswegen hast du Liebeskummer?« fragte Dimitris und wollte sich vor Lachen ausschütten. »Hast du dich mit einer Verheirateten eingelassen? Meine Freundin ist auch verheiratet, aber das ist doch kein Grund, verletzt zu sein«, fuhr Dimitris fort. »Die Betrogenen sind doch die Ehemänner und nicht wir. Ach Damoklis, du solltest Gott auf den Knien danken, daß du an eine verheiratete Frau geraten bist. Du solltest dich freuen, daß du nur Rechte und keinerlei Pflichten hast. Der Kelch der Beschwernisse, der düsteren Sorgen, des ewigen Nörgelns ist an dir vorübergegangen, und die Hauptsache ist, dir bleiben quälende Verdächtigungen und die ständige Sorge um die eheliche Treue deiner Gattin erspart. Zudem entgehst du der Gefahr, daß diese Frau dich einwickelt und an den für einen Mann ungemütlichsten Ort schleift: vor den Traualtar. Versetz dich einmal in die Lage des Ehemanns. Er ist doch der Unglückliche, und nicht du!«

»Der Ehemann ist der Glückliche, Dimitris, weil er von den Übeltaten seiner Frau nichts weiß.«

»Laß ihn ruhig glücklich sein. Du profitierst doch von seinem Glück. Wehe, er findet etwas heraus …«

»Was dann?« fragte Damoklis bedeutungsvoll.

»Dann wirst du entweder deine Geliebte nie wiedersehen, weil sie reuevoll zur ehelichen Ordnung zurückkehrt, oder du wirst sie nie wieder los, und dann wirst du ihrer und deiner selbst bald überdrüssig sein.«

»Fast hast du mich schon überzeugt«, meinte Damoklis und überließ Dimitris hinterlistigerweise kampflos das Feld.

»Und wie du dir wohl vorstellen kannst«, fuhr Dimitris fort, »liebt eine verheiratete Frau ihren Liebhaber und nicht ihren Gatten. Wenn sie nämlich den Ehemann liebte, hätte sie keinen Liebhaber. Sie liebt nur den Liebhaber, da sie sich nur ihm von ihrer besten Seite zeigt; nur dem Liebhaber gewährt sie immer neuen Genuß, während für den Ehemann langweilige Wiederholungen und immer mickrigere, vorgetäuschte Freuden bleiben.«

»Du hast recht, Dimitris. Trinken wir auf das Wohl der verheirateten Frauen.«

Die beiden Männer prosteten sich zu und brachen in herzliches Gelächter aus.

»Unsere einzige Pflicht ist das Kochen«, sagte Damoklis, »und das ist eine angenehme Pflicht. Was schmeckt deiner Nana denn am besten? Sie hat doch sicherlich für irgend etwas Wunderliches eine besondere Schwäche?«

»Ja, ihr schmeckt Seeigelsalat besonders.«

»Und wo bekommst du Seeigel her?« fragte Damoklis.

»Als Nana diesen Wunsch zum ersten Mal äußerte, hatte ich keine Ahnung, wie ich ihn erfüllen sollte. Doch Nana selbst hat mir einen Fischer in Rafina empfohlen. Der beschafft mir Seeigel, wann immer ich will.«

Damoklis schauderte bei dem Gedanken, daß Nana die geheimgehaltene Quelle der Seeigel an Dimitris verraten hatte. Ihre Gier brachte ihn um das Monopol der Seeigel. Doch trotz oder vielleicht gerade wegen dieses neuen, schweren Schlags setzte er seinen Angriff mit noch größerer Wucht fort.

»Seeigel schmecken anscheinend Frauen besonders gut. Sie haben eine so hübsche Farbe. Seeigel, ertränkt in einem Tropfen Meerwasser aus der Ägäis.«

Dimitris war sprachlos. Hatte er sich vielleicht verhört?

»Du bist ja leichenblaß, Dimitris, was ist denn mit dir los?«

»Es wird am Licht liegen«, antwortete Dimitris schwer atmend.

»Sag mal, Dimitris«, setzte Damoklis unbarmherzig nach, »deiner Freundin schmecken bestimmt auch keine Innereien, so wie Ostersuppe zum Beispiel. Frauen schmecken nach meiner Beobachtung keine Innereien.«

»Nein, sie schmecken ihr nicht«, japste Dimitris.

»Es scheint, daß Frauen die Malerei vorziehen. Sie verstehen nichts vom Pansenmosaik«, schloß Damoklis und versetzte Dimitris damit den Todesstoß. »Aber«, fuhr er fort, »ich muß jetzt los. Ich muß noch kochen. Für meine Nana muß ich kochen. Dimitris, vielen Dank für das hervorragende Kaninchen und das tolle Gespräch. Du hast mich wiederaufgerichtet, Dimitris.

Du hast mich von meiner enttäuschten Liebe geheilt. Und ich wünsche dir, daß du nie, aber auch nie, von Liebeskummer heimgesucht wirst.«

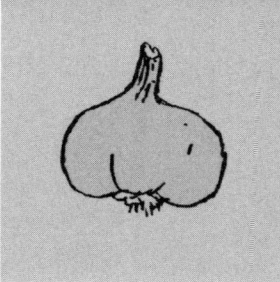

Dem erstbesten Kaninchen auf Gedeih und Verderb ausgeliefert

Nachdem er Nanas Doppelspiel auf solch hundsgemeine Art aufgedeckt hatte, war Damoklis zum ersten Mal seit Tagen vollkommen glücklich und ließ diesem Gefühl sofort Taten folgen. Mit gewandten, sachten Bewegungen höhlte er die Zucchini und Tomaten aus und schuf Platz für die Füllung. Sogleich füllte er durch einen Kaffeelöffel die entkernten Gemüsehüllen mit neuem Inhalt. Dieser bestand aus einer Tasse Reis, dreihundertfünfzig Gramm Hackfleisch, drei feingehackten Zwiebeln, vier ebenso feingehackten Knoblauchzehen, drei Eßlöffeln Petersilie, je zwei Eßlöffeln Dill und Gartenminze, alles selbstverständlich fein

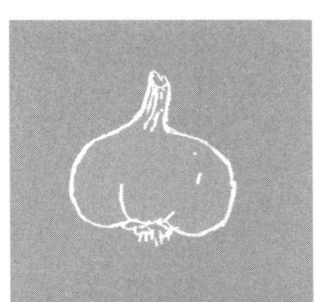

gehackt, sowie ebenso vielen Eßlöffeln Damoklisscher Begeisterung.

Die äußerst mühselige Zubereitung in zwei verschiedenen Kochtöpfen mit zwei verschiedenen Füllungsvariationen, das hohe Geschicklichkeit erfordernde Einrollen der Füllung in gartenfrische, dunkelgrüne Weinblätter ging ganz leicht vonstatten und spornte seine Sinnenlust an. Dazu hörte er Berlioz' bekannte Arie in höchster Lautstärke, damit sie auch der bis vor kurzem überglückliche Dimitris hören und vor Wut und Enttäuschung aus der Haut fahren mußte.

Doch Damoklis' Glück währte nur kurz, und er war an dem vorzeitigen Ende selbst schuld. »Ich begreife es nicht, warum bin ich denn so fidel?« fragte er sich. »Bin ich etwa aus lauter Torheit fidel?« Als er nun die Ereignisse überdachte, fand er keinerlei Rechtfertigung für seine Freude. Ganz im Gegenteil, eine Furcht überkam ihn, die er vorher nicht verspürt hatte. Wie würde Dimitris reagieren, jetzt, wo sein Verdacht gegen Nana geweckt war und er ihre Untreue bestätigt finden würde? Das war die Frage. Wie würde Dimitris reagieren? Wenn er wie ein Mann reagierte, dessen Würde und Ehre angetastet wurde, und die Ungetreue mit mageren Worten oder auch kommentarlos sitzenließe, dann käme das Damoklis gerade recht. In diesem Fall würde er nämlich als Sieger aus diesem traurigen Zweikampf hervorgehen, als Alleinherrscher über Nanas Körper und Seele. Mit Ausnahme des Ehegatten freilich, dem natürlich, wie einem weiteren treuergebenen Hund, nach Nanas ausschweifenden Gelagen ein übriggebliebener Knochen zustand. Doch wer trug am Ende den Sieg davon, grübelte Damoklis. Siegte etwa derjenige, der sich nicht wie ein Mann verhielt, und unterlag derjenige, der sich wahrhaft mannhaft betrug? Winkte Nanas Zuneigung demnach als Belohnung für Feigheit vor dem Feind?

Sogleich kam Damoklis ein amüsanter Gedanke, der ihm half, die harsche Behauptung, er betrage sich nicht wie ein richtiger Mann, zu widerlegen. Die wahren männlichen Tugenden waren diesem Gedanken zufolge nämlich Geduld, Ausdauer und Nachsicht gegen diejenigen, die ihm Unrecht tun, und außerdem die innere Gelassenheit, die Wunden, die das Leben schlägt, heldenhaft hinzunehmen. Demgegenüber war die feige Flucht angesichts widriger Umstände wahrlich kein männliches Verhalten.

Das also dachte Damoklis und war drauf und dran, alles hinzuschmeißen. Zum Glück hatte er schon vorgekocht, denn derlei sorgenvolle Überlegungen waren der hohen Kochkunst nicht gerade zuträglich.

Und falls Dimitris wie er selbst reagierte – also nicht

wie ein wahrer Mann – was dann? Setzte sich dann diese traurige Geschichte immer weiter fort? Zwei sogenannte Männer würden weiterhin die Frau begehren, die beide betrog und erniedrigte? Falls Dimitris nicht kampflos das Feld räumen und die Dinge nicht leidenschaftslos über sich ergehen lassen würde wie er selbst, falls er Nanas Dilemma *Damoklis oder Dimitris* nicht schweigend hinnehmen, sondern ihre Entscheidung aktiv zu beeinflussen versuchte, während Damoklis selbst geschwiegen hatte, und falls, wie es üblicherweise zwischen gleichwertigen Gegnern vorkam, derjenige, der den Mund aufmachte, größere Überzeugungskraft besaß – tja, was war dann?

Damoklis' wirre Gedanken wurden durch das verabredete Klingelzeichen unterbrochen. Es war Nana. Damoklis gelang es mit übermenschlicher Anstrengung, sein finsteres Gesicht mit dem freundlichen Schimmer der Verstellung zu überziehen. Er empfing Nana also mit einem breiten, künstlichen Lächeln.

»Warum grinst du denn so dämlich?« fragte sie, und Damoklis' Lächeln gefror.

»Oftmals erscheint ein glückliches Lächeln wie ein dämliches Grinsen«, entgegnete er schlagfertig.

»Dein einziger Grund zur Freude ist sicherlich meine Anwesenheit«, sagte sie mit der ihr eigenen, immer liebreizenden Frechheit. »Obwohl«, fuhr sie fort,

»trotz deines Glücks kommst du mir schon seit einigen Tagen außerordentlich melancholisch vor.«

»Nana – ja, ich werde die Furcht nicht los, daß jedes Treffen unser letztes sein könnte. Ich kann mir nicht helfen, immer muß ich daran denken, daß die schönen Dinge im Leben nur von kurzer, von sozusagen übertrieben kurzer Dauer sind.«

»Da kannst du ganz beruhigt sein«, antwortete Nana. »Ich bin eine verwöhnte, eine unverschämt verwöhnte Feinschmeckerin! Ausgeschlossen, daß unsere Liebe zu Ende geht – niemals, in gar keinem Fall – solange du mich derart gut bekochst«, schloß Nana lachend, womit sie Damoklis einen weiteren Hieb versetzte.

»Ach Nana«, dachte Damoklis, »du bist keine unverschämt verwöhnte Feinschmeckerin. Du bist ein niederträchtiges Luder. Mit welcher Dreistigkeit, Herr im Himmel, sie die Liebe mit den Gaumenfreuden verbindet!«

»Wenn du also jemanden kennenlernst, der auch kocht, wirst du ihn mit mir vergleichen, und wenn dieser gewisse Jemand besser kocht als ich, dann bin ich abserviert«, meinte Damoklis bekümmert.

»Ausgeschlossen«, entgegnete Nana entschieden, womit sie Damoklis schmeicheln wollte. Der faßte in seinem Gemütszustand die Schmeichelei jedoch als Beleidigung auf.

»Das ist ganz und gar nicht ausgeschlossen«, sagte er mit dem Mut der Verzweiflung. »Das hängt vom Zufall ab. Wenn du morgen ein wunderbar gelungenes Kaninchen verkostest, läßt du mich sitzen. Ich bin dem erstbesten Kaninchen auf Gedeih und Verderb ausgeliefert! Ist dir das klar, Nana? Wenn der andere Koch, gerade weil er nicht ganz so gut ist wie ich, zu irgendeinem x-beliebigen Gewürz greift, das deinem Gaumen schmeichelt, was passiert dann?«

»Hast du denn kein Vertrauen in meinen Geschmack?« fragte Nana kühl. »Und, ich bitte dich, hör mit Kaninchen auf. Gestern mußte mein Gaumen den qualvollen Geschmack eines äußerst mittelmäßigen Kaninchens ertragen. Entweder kochst du, und nur du, mir Kaninchen, oder ich esse es nie wieder. Nie wieder Kaninchen und nie wieder gefüllte Tomaten: nur aus deinen Händen. Ich bin hungrig, Damoklis.«

Durch die gräßlichen Lügen seiner Geliebten ganz kopflos geworden, erinnerte er sich an Dimitris' hervorragendes Kaninchen, von dem Nana schon oft gekostet und ihm, sich die ›Lilienfinger‹ leckend, in den höchsten Tönen vorgeschwärmt hatte. In diesem verwirrten Gemütszustand trug Damoklis die gefüllten Tomaten und Zucchini auf.

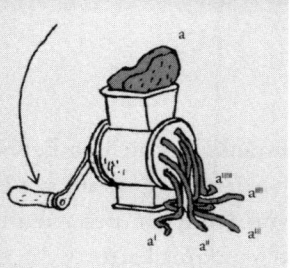

Wo nichts ist, kann viel werden

Nun war Dimitris an der Reihe, das Unglücklichsein zu verkosten, das Damoklis während der vergangenen Tage genossen hatte. Sollte er Nana darauf ansprechen – oder lieber nicht? Sollte er ihr offenbaren, daß er von ihrem doppelten Spiel wußte – oder besser nicht? Sollte er abwarten? Aber worauf? Nach diesen eher allgemeinen Fragen erging er sich in bedeutungslosen Einzelheiten. Sollte er ein langes Gesicht machen? Für sie kochen oder sie hungern lassen? Da kam ihm der geprellte stille Teilhaber, der Ehemann, in den Sinn. Sollte er sich mit ihm zusammentun gegen seinen Nebenbuhler? Mit dieser Allianz würde er jedoch nicht nur Damoklis aus dem Weg räumen, sondern auch gleich sich selbst. Sollte er seinen Gegenspieler

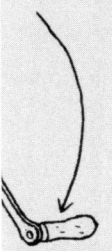

mit sirupgetränkten Früchten beiseite schaffen? Hier gingen die Gedankengänge der beiden auseinander, da Damoklis von Dimitris' Beseitigung durch eine vergiftete Soße geträumt hatte.

Er beschloß, keine voreiligen Entschlüsse zu fassen, die seine Beziehung zu Nana beeinträchtigen könnten. Er spürte einzig und allein, daß er von der Treulosen in jeder Hinsicht abhängig war. Er konnte sich ein zukünftiges Leben ohne Nana nicht mehr vorstellen.

Dimitris wußte nicht, ob Damoklis Nanas Doppelspiel durchschaut hatte. Diese Unwissenheit verdunkelte seine bereits düsteren Gedanken noch mehr. Seine krankhafte Einbildungskraft spiegelte ihm vor, daß es noch eine klitzekleine Hoffnung gäbe. Daß nämlich Damoklis kein Verhältnis mit Nana hatte und seine Anspielungen rein zufällig waren. Wenn zwei einander völlig unbekannte Personen zu genau denselben Worten griffen, um Seeigel und Ostersuppe zu beschreiben, so könnte das purer Zufall sein. Das war doch beileibe kein auffallend seltsamer Zufall, dachte Dimitris. Warum, fragte er sich weiter, sollte es denn ein merkwürdiger Zufall sein, wenn zwei einander fremde Personen den Himmel *blau* nannten? Das war schon so oft vorgekommen. Könnte es nicht auch sein, daß zwei einander völlig fremde Personen die Ostersuppe unabhängig voneinander *Pansenmosaik* nannten?

Nach diesen zuversichtlichen Überlegungen machte er sich daran, die hohe Wahrscheinlichkeit nachzuweisen, daß diese beiden wortwörtlich identischen Antworten purer Zufall waren. Er pilgerte zu seinen Bekannten in der Nachbarschaft und befragte den Zeitungsverkäufer, den Tabakhändler, den Apotheker und den Gemüsehändler, welches Bild ihnen beim Wort »Ostersuppe« in den Sinn kam.

Das einzige, was ihm seine Nachforschungen einbrachten, war, daß – wie durch einen merkwürdigen Zufall – die vier einander fremden befragten Personen zu haargenau demselben Schluß kamen: Der hat wohl ein Rad ab!

Die Verzweiflung verlieh ihm einen unerhörten Tatendrang. Er rief Damoklis an.

»Damoklis, habe ich dich vielleicht geweckt? Ich habe extra bis Mittag gewartet, um dich anzurufen.«

»Natürlich hast du mich geweckt«, gähnte Damoklis, der seit dem Morgengrauen auf den Beinen war, um seinen Schlachtplan für den kommenden Tag zu entwerfen.

»Verstehe«, sagte Dimitris. »Gestern hast du wohl die Nacht durchgemacht.«

»Und wie ich sie durchgemacht habe!« entgegnete

Damoklis überschwenglich. »Ich habe mich da mit einer unersättlichen Frau eingelassen, die mich jedesmal an den Rand meiner Kräfte bringt. Jeden zweiten Tag natürlich nur.«

»Gott sei Dank, daß sie verheiratet ist«, meinte Dimitris.

»Gott sei Dank«, lachte Damoklis. »Wenn ich sie nicht mit ihrem Ehemann teilte, wäre ich mittlerweile unter der Erde. Und Dimitris«, fuhr er fort, »ich rede ganz offen mit dir. Ich wünschte, ich könnte sie mit noch jemandem teilen. Um sie nur jeden dritten Tag zu treffen. Sie bringt mich noch ins Grab, Dimitris. Es muß auf jeden Fall noch ein zweiter Liebhaber her! Das ist eine Frage des Überlebens!«

Auf diese bauernschlaue Art kam Damoklis, der sich schon länger in Verzweiflung geübt hatte als sein Gegenspieler und sich deshalb gewandter unter den Hahnreien bewegte und die Not zu einer Tugend zu machen verstand, Dimitris zuvor. Und damit wirkten die unabwendbaren und unerfreulichen Offenbarungen nicht nur wie schon lange absehbar, sondern sogar wie herbeigesehnt.

»Scheinbar hat sie jede Beziehung zu ihrem Ehemann abgebrochen«, sagte Dimitris, der Neuling auf der Spielwiese der Hahnreie, unschuldig und bauernschlau.

»Wie kommst du denn darauf?« fragte Damoklis.

»Weil sie gestern dich und vorgestern mich an den Rand der Erschöpfung brachte, mich aber auch heute wieder vollkommen auslaugen wird«, betonte Dimitris. »Ergo jeden zweiten Tag. Somit heißt das, sie bringt ihren Ehemann nicht zur Erschöpfung. Tja, Damoklis, deine Geliebte ist auch meine Geliebte«, meinte er kurz entschlossen.

»Schön und gut«, erwiderte Damoklis mit einem ebenso markerschütternden wie vorgetäuschten Lachen. »Jetzt erst begreifst du, daß *dich* Nana *mit mir* betrügt?«

»Ja, Damoklis, erst jetzt begreife ich, daß Nana *dich mit mir* betrügt«, antwortete Dimitris.

»Und, Dimitris, du kannst dir gar nicht vorstellen, wie sehr ich mich freue, daß sie dich ausgerechnet mit mir und mit keinem anderen betrügt. Freust du dich nicht auch darüber?« Doch Dimitris hatte Damoklis' letzte Worte nicht gehört, da ihm der Hörer aus der Hand geglitten war. Auch der letzte, schwache Hoffnungsschimmer, was Nanas Treue betraf, war verflogen. Er teilte also, das war erwiesen, mit Damoklis dieselbe Frau. Das Glück des Liebesmonopols war ein für allemal dahin.

Mit zitternden Händen griff er erneut nach dem Hörer.

»Sag mal, Damoklis. Seit wann weißt du, daß Nana *dich* betrügt?«

»Seit ich dich zum ersten Mal sah, weiß ich, daß Nana *dich* betrügt«, lachte Damoklis und verwies Dimitris auf ihre allererste Begegnung.

Dimitris' Türklingel unterbrach ihr Gespräch. Zum ersten Mal war nun Dimitris genötigt, in Windeseile sein Gesicht zu einer friedlichen Maske zu verziehen, um Nana zu empfangen – eine Kunst, die für Damoklis bereits zur lieben Gewohnheit geworden war. Sie nahm auf dem Sessel ihre, stets von einer Zigarette begleitete Lieblingspose ein, scheinbar blind für die Verwüstung, die sie in den Herzen der beiden Männer angerichtet hatte.

»Du siehst ja gar nicht gut aus«, meinte sie so langgezogen, daß ihr reizend gekräuselter Mund bei jeder Silbe einen blauen Rauchkringel in die Luft entließ. »Was bedrückt dich denn?« fragte sie und blies neue Ringe in die Luft.

»Was mich bedrückt? Was sollte mich bedrücken? Dein Mann natürlich!«

»Denk nicht an ihn. Er ist völlig ruhiggestellt bis zum nächsten Mal. Mach dir keine Gedanken.«

»Nana, ich muß mir aber Gedanken machen«, entgegnete Dimitris, mühsam um Fassung ringend.

Er war jetzt nicht in der Lage, mit ihr zu sprechen und

seine Überlegungen zu schildern. Er schob die abscheuliche und alles entscheidende Auseinandersetzung lieber bis zu ihrem nächsten Treffen auf. Dieses Gespräch mußte mit kühlem Kopf und kluger Einsicht geführt werden, es durfte nicht zu seinen Ungunsten ausgehen.

»Ja, ich gebe zu, daß mir der Gedanke an deinen Mann Tag und Nacht nicht mehr aus dem Kopf geht. Es ist so schlimm, daß ich heute unfähig war, für dich zu kochen. Stell dir das vor, Nana. Ich lasse dich hungern! Das passiert mir zum ersten Mal!«

»Aber, Dimitris, du wirst mich nicht hungern lassen. Du wirst etwas improvisieren. Mit Zutaten, die du gerade zur Hand hast. So kann ich dich auch in Notsituationen auf die Probe stellen.«

»Ja, aber ich kann dir nichts Ausgefallenes zubereiten, wie zum Beispiel Pansenmosaik«, meinte Dimitris bedeutungsvoll, doch vor lauter Aufregung murmelte er so leise, daß Nana ihm keine Beachtung schenkte. »Ich habe nur noch ein wenig Hackfleisch in meinem Kühlschrank«, schloß Dimitris, ohne den Grund für Nanas Heiterkeitsausbruch zu begreifen.

»Weißt du, warum ich lache?« meinte sie. »In einem alten Kochbuch las ich kürzlich den Ausdruck *durch den Fleischwolf drehen!*« amüsierte sie sich noch lauter. Gezwungenermaßen grinste nun auch Dimitris schwach und unterstrich so seine Komparsenrolle dem Kichern der Hauptdarstellerin gegenüber.

»Ich brate schnell ein paar Hackfleischbällchen«, stammelte er, nachdem ihr Gelächter abgeebbt war.

»Brate eine klitzekleine Handvoll ›Keftedes‹, damit du mit dem übriggebliebenen Hackfleisch noch eine klitzekleine Handvoll ›Soutsoukakia‹ sowie eine klitzekleine Handvoll ›Jouvarlakia‹ zubereiten kannst«, sagte Nana mit neuerlichem Auflachen.

»Aus nichts kann viel werden!«

»Wie?« fragte Dimitris, der das Gelächter seiner Geliebten als beißende Ironie auffaßte.

»Und wenn du keine Lust hast, so viele Bällchen zu formen, dann mach einfach Makkaroni mit Hackfleischsoße. Du hast noch nie Makkaroni für mich gekocht. Du weißt bestimmt, daß ein Koch sein Können an den einfachsten Gerichten beweist.«

Und während Nana mit dem Qualm ihrer Zigaretten Dimitris' Wohnzimmer in einen nebelverhangenen Landstrich der Lombardei verwandelte, zog sich Dimitris in die Küche zurück, um sein Können unter Beweis zu stellen.

Hackfleischbällchen (Keftedes)

Aus folgender Mischung Bällchen von 3 cm Durchmesser formen: 500 g Hackfleisch vom Kalb oder Rind, 3-4 Scheiben getrocknetes Weißbrot ohne Rinde einweichen, abtropfen lassen und zu Brei zerdrücken, 1/4 Tasse Olivenöl, 1 große geriebene Zwiebel, 4-5 feingehackte Knoblauchzehen, 3-4 Stengel feingehackte Petersilie, eine halbe Handvoll getrocknete und zwischen den Fingern zerriebene Gartenminze, Salz und Pfeffer. Die Bällchen in Mehl wälzen und bei mittlerer Hitze in Olivenöl braten, bis sie dunkelbraun sind.

Mit Salat, vorzugsweise Löwenzahn, servieren.

Hackfleischröllchen (Jouvarlakia) in Zitronensoße

Aus folgender Mischung 4 cm lange Röllchen formen: 500 g Hackfleisch vom Kalb oder Rind, 1/2 Tasse Langkornreis, 1/4 Tasse Olivenöl, 1 große zerriebene Zwiebel, 3-4 Zweiglein feingehackte Petersilie, ein halbes Bund feingehackten Dill, Salz und Pfeffer. Die Röllchen in Mehl wälzen und in siedendes Wasser legen. Bei mittlerer Hitze 20 Minuten ziehen lassen. In einer tiefen Schüssel die Zitronensoße mit ähnlicher Flüssigkeitszugabe wie die Ostersuppe (vgl. S. 37) zubereiten und darübergießen.

Hackfleischröllchen (Jouvarlakia) in Tomatensoße

Die Röllchen wie im vorherigen Rezept formen. In einem Kochtopf zwei Tassen Wasser, eine Tasse frischen Tomatensaft, 1/4 Tasse Olivenöl, gewürzt mit einer kleinen Prise Salz und Pfeffer, aufkochen lassen und die Röllchen hinzulegen. 20 Minuten bei mittlerer Hitze dünsten und mit gebratenen Kartoffelscheiben servieren.

Hackfleischwürstchen (Soutsoukakia)

Aus folgender Mischung 6 cm lange Würstchen von 2 1/2 cm Durchmesser formen: 500 g Hackfleisch vom Kalb oder Rind, 3-4 Scheiben getrocknetes Weißbrot einweichen, abtropfen lassen und zu Brei zerdrücken, 1/4 Tasse Olivenöl, 5 zerdrückte Knoblauchzehen und 1 1/2 Eßlöffel Kreuzkümmel, Salz und Pfeffer untermischen. Die Würstchen in Mehl wälzen und leicht anbraten. In einem Kochtopf 2 Tassen Wasser, 1 Tasse frischen Tomatensaft, 1/4 Tasse Olivenöl und eine kleine Prise Salz und Pfeffer aufkochen lassen und die Würstchen hinein legen. Bei mittlerer Hitze 20 Minuten lang dünsten und mit Reispilaf servieren, das, mit der Soße vermengt, deren Geschmack annimmt.

Makkaroni mit Hackfleischsoße

Eine große zerriebene Zwiebel und 2-3 feingehackte Knoblauchzehen in Olivenöl anbraten. Bevor die Zutaten braun werden, 1/3 Tasse Wasser hinzugießen. Sobald das Wasser verdampft ist, 450 g Rinderhackfleisch daruntermischen und unter ständigem Rühren hellgrau anbraten. 1 1/2 Tassen Wasser und 1 Tasse frischen Tomatensaft zugeben und mit einer Zimtstange, einem Lorbeerblatt, Salz und Pfeffer würzen. Umrühren und nicht zugedeckt bei mittlerer Hitze dünsten, bis die Flüssigkeit verdampft ist.

Währenddessen 400 g Makkaroni vorsichtig in einen anderen großen Topf mit siedendem Salzwasser plus zwei Tropfen Olivenöl gleiten lassen (damit die Nudeln nicht zusammenkleben). Die Makkaroni nicht achtlos hineinwerfen, sondern senkrecht gebündelt in der Topfmitte plazieren, dann loslassen und sternförmig verteilen. Je nach Größe 10-15 Minuten lang kochen, probieren, vom Feuer nehmen und abseihen. Unter fließendem Wasser abschrecken.

Im geleerten Topf 3-4 Eßlöffel Butter anbraten und die Makkaroni unter ständigem Rühren eine Minute ausgiebig darin wenden. Die Makkaroni mit der Hackfleischsoße übergießen, mit Parmesan bestreuen und servieren.

Zierliche Selleriestangen

Nachdem beide Seiten die Karten auf den Tisch gelegt
hatten, schritten die Rivalen zu einem gemeinsamen
Mahl, in dessen Verlauf sie sich zu einer Front zu-
sammenschlossen, um Nana gemeinsam die Stirn zu
bieten. Sie konferierten diesmal in Damoklis' Wohnung, wo jeder einen Teller Bohnensuppe, einen Räu-
cherhering, Oliven aus Kalamata, Oliven aus Amfissa
und mit Thymian eingelegte Oliven aus Naxos vor
sich hatte. Auf einem kleinen Teller lagen vier eingelegte Auberginen, jede mit einem äußerst adretten
Schleifchen aus dünnen Selleriestangen zusammenge-
bunden. Auf einem weiteren Teller lagen zwei rohe,
geschälte Zwiebeln. Die Männer hatten bereits einige
Gläser faßgelagerten Retsina aus Sparta getrunken,

ihre Zungen hatten sich gelöst und sie äußerten beide alles, was ihnen in den Sinn kam.

»Dieses verkommene Weibsstück«, monologisierte Dimitris.

»Auf das Wohl des verkommenen Weibsstücks«, hielt Damoklis lachend dagegen und erhob sein Glas.

Die beiden Männer stießen an und gaben sich leichtfertig hingeworfenen und zudem widersprüchlichen Gedankenketten hin.

»Ich finde, ich sollte sie nicht wiedersehen«, sagte Dimitris.

»Vergiß es, das verbiete ich dir«, meinte Damoklis nach reiflicher Überlegung.

»Warum verbietest du mir das?« fragte Dimitris überrascht. »Kommt es dir nicht entgegen, wenn ich das Feld räume und du sie ganz für dich hast? Ist es im Endeffekt nicht mein gutes Recht, sie nicht mehr zu sehen? Was stört dich daran?«

»Spiel hier nicht den Schlaumeier. Ich falle auf dein hinterhältiges Spiel nicht rein«, antwortete Damoklis mit fester Stimme.

»Hinterhältiges Spiel?« wiederholte Dimitris erbost.

»Das sind alte und abgegriffene Tricks. Dimitris, ich gehe dir nicht auf den Leim.«

»Was für Tricks, Damoklis, was denn für Tricks?« Dimitris konnte Damoklis' Gedankengang nicht folgen.

»Dimitris, tu nicht so naiv. Wenn du Nana nicht wiedersiehst, dann nur für kurze Zeit. Danach wirst du sie bestimmt wiedersehen, ich aber nie wieder.«

»Schön, wenn's so wäre«, entgegnete Dimitris, »aber daran habe ich nicht im entferntesten gedacht, und ich wüßte nicht, wie das passieren sollte.«

»Du tust nur so. Jedenfalls muß ich dich zu deinem teuflischen Kalkül beglückwünschen. Du bist mir ein gleichwertiger Gegner, du bist ungeheuer scharfsinnig«, sagte Damoklis, erhob sein Glas und veranlaßte so seinen Gesprächspartner, auf ihrer beider Scharfsinn anzustoßen.

Nachdem sie zwei Schluck Retsina und ein wenig Zwiebel zu sich genommen hatten, machte sich Schweigen zwischen ihnen breit, das Dimitris schließlich brach.

»Ich verstehe es wirklich nicht.«

»Dimitris«, hob Damoklis an, »der erfolgreichste Trick, um Nanas Interesse zu wecken, wäre es, sie nicht mehr wiederzusehen. Eine eitle Frau wie Nana wird es niemals hinnehmen, verlassen zu werden. Nana ist dazu geschaffen, anderen den Laufpass zu geben und nicht dazu, selbst sitzengelassen zu werden. Solltest du sie also verlassen, wird sie um so mehr Interesse an deiner Person entwickeln, um so mehr ihre ohnehin unbestreitbaren Reize ins Spiel bringen

und sich gewaltig ins Zeug legen, um dich zurückzu-
erobern, und sei es nur deshalb, um dir später selbst
den Laufpaß geben zu können. Begreifst du, Dimitris?
Der Mann ist noch nicht geboren, der Nana verläßt.
Und solltest du dieser Mann sein, wird sich Nana
rückhaltlos in deine Arme werfen. Und dann, Dimitris, Gnade dir Gott«, schloß Damoklis.

»Jetzt erst begreife ich dein teuflisches Kalkül«,
meinte Dimitris.

»Das teuflische Kalkül stammt von dir«, entgegnete
Damoklis.

»Wenn du meinst, es stamme von mir, überlasse ich es
dir gerne zu deinem persönlichen Gebrauch«, sagte
Dimitris. »Du bist dir so sicher, daß derjenige als Sieger hervorgehen wird, der aus dem Spiel aussteigt,
oder besser gesagt: derjenige, der so tut, als ziehe er
sich zurück. Also: worauf wartest du noch? Steig aus.«
Damoklis tat sich mit seiner Antwort sehr schwer. Er
brauchte dazu zwei Eßlöffel Bohnensuppe, zwei Oliven und ein großes Stück Zwiebel.

»Unmöglich«, meinte Damoklis.« Vollkommen unmöglich. Dimitris, was du von mir verlangst, geht
über meine Kräfte – Nana zu verlassen, und sei es
auch nur vorläufig und zu meinem eigenen Besten!
Ich kann mich von Nana nicht trennen, nicht einmal
im Traum denke ich daran. Ich mag und schätze dich

und hege möglicherweise eine wahre Freundschaft für dich, aber ich will mir nicht ausmalen, wie du bei meinem vorläufigen Rückzug Nana mit Beschlag belegst. Ich will nicht daran denken, wie Nana dir die Zeit widmet, die sie jetzt mir schenkt«, schloß Damoklis.

»Aber, wie du dargelegt hast, wolltest du sie doch für immer mit Beschlag belegen. Was mich betrifft, so sage ich dir nochmals, ich will weder, daß sie mir die Zeit widmet, die sie jetzt dir schenkt, noch will ich, daß sie mir die Zeit gewährt, die mir ohnehin zusteht.«

»Das, Dimitris, kannst du vergessen«, meinte Damoklis.

»Aber was schlägst du dann vor?« fragte Dimitris baff.

»Was soll ich denn vorschlagen, was denn?« entgegnete Damoklis tonlos. »Ich schlage vor, Nana in größeren Abständen zu treffen und vor allem, ohne daß einer von der Verabredung des anderen weiß. Vielleicht kommen wir so zur Ruhe, vielleicht denken wir dann besonnener über unsere Zukunft mit ihr nach. Doch vielleicht wird Nana durch unseren nachlassenden Eifer alarmiert, vielleicht stellt sie sich ihrer Verantwortung und läßt sich zu einer Entscheidung herbei, zur rettenden Entscheidung für einen von uns beiden.«

»Eine geniale Idee«, sagte Dimitris. »Mir, lieber Damoklis, geht angesichts der Wucht dieser plötzlichen kalten Gefühlsdusche die Weitsicht ab, über die die Unglücklichen verfügen – das heißt, die an ihr Unglück bereits gewöhnten wahrhaft Unglücklichen. Mein Unglück ist gerade mal vierundzwanzig Stunden alt.«

»Deshalb solltest du auf mich hören, Dimitris. Ich will nur dein Bestes, ich will dein Unglück, ein lange währendes, tief erlebtes Unglück. Ich will dir nicht auf dem Gebiet des Unglücklichseins überlegen sein, ich will, daß auch du dich langsam zum Herrn deines Unglücks aufschwingst. Damit wir uns gleichberechtigt gegenüberstehen.«

»Damoklis, ehrlich, ich bin unglücklich.«

»Das freut mich, Dimitris, das freut mich aufrichtig.«

»Damoklis, deine Aufrichtigkeit gebietet mir zum ersten Mal, auch dir gegenüber ehrlich zu sein. Auch ich kann mir nicht vorstellen, von Nana getrennt zu sein. Etwas Derartiges ist mir nie in den Sinn gekommen. Damoklis, du kannst ruhig bleiben, ich werde mich nicht zurückziehen.«

»Dimitris, ich beglückwünsche dich. Du ziehst dich nicht zurück, und auch ich bleibe im Spiel. Ein Rückzug nützt weder dir noch mir etwas. Wer aussteigt, mag vielleicht der zukünftige Nutznießer sein. Aber wer von uns beiden interessiert sich für die Zukunft und seine mögliche Rolle als Nutznießer? Wer von uns beiden hat Interesse daran, seinen Verzicht belohnt zu sehen? Wer von uns beiden kann sich vorstellen, daß der andere Nana, und sei es auch nur vorläufig, mit Beschlag belegt? Dimitris, sehen wir den Tatsachen ins Auge. Wir werden Nana unter uns aufteilen. Doch wir werden sie gerecht aufteilen, ohne daß der eine dem anderen Knüppel zwischen die Beine wirft. Wir werden sie gerecht aufteilen, wie in den guten alten Zeiten, als wir noch nichts voneinander wußten.«

Die beiden Rivalen erhoben ihre Gläser und prosteten einander zu.

Bohnensuppe

Zwei Tassen getrocknete weiße Bohnen zwölf Stunden lang, üblicherweise über Nacht, in Wasser einweichen.

Das Wasser mitsamt den Bohnen aufkochen lassen, bis sich schneeweißer, dichter Schaum bildet. Die Bohnen gut abspülen und dann nochmals in 1 1/2 l Wasser bei mittlerer bis starker Hitze weich kochen. Drei mittelgroße in dünne Scheiben geschnittene Karotten, eine große feingehackte Zwiebel, drei Knoblauchzehen, ein feingehackter Selleriestengel (mit Blättern), ein Lorbeerblatt, ein Zweiglein Thymian und, falls vorhanden, eine Tasse Rinderbrühe hinzufügen.

Sobald die Bohnen weich sind, Salz, Pfeffer, eine Tasse frischen Tomatensaft und eine Tasse Olivenöl dazugeben. Ungefähr eine Viertelstunde weiterkochen, bis die Suppe ausreichend eingedickt ist.

Geräucherter Hering

Auf einem ovalen Teller die Heringsfilets mit ein wenig Olivenöl, Zitronensaft und hauchdünnen Zwiebelringen anrichten.

Eingelegte Auberginen

Sehr kleine, im Herbst geerntete, 7-10 cm lange Auberginen drei Minuten lang garen. Nach dem

Abkühlen mit dem Messer auf einer Seite tief ein-ritzen. Diese Spalte mit einer Mischung aus kleinge-schnittenen Karottenwürfeln, grünen und roten Paprikaschoten, zerdrücktem Knoblauch, fein gehack-ter Petersilie und Weißkohl füllen. Diese Mischung muß zuvor zwei Minuten lang garen und eine halbe Stunde lang in Essig mariniert werden.

Mit der nach dem Garen biegsamen Selleriestange die Auberginen in der Mitte so zusammenbinden, daß die Füllung nicht herausquellen kann. Anschließend in einer Schüssel zwölf Stunden in Essig einlegen. Her-ausnehmen und vorsichtig in ein luftdicht verschließ-bares, mit Olivenöl gefülltes Einmachglas schichten. Dort können die eingelegten Auberginen ein ganzes Jahr aufbewahrt werden und als Beilage zu Hülsen-früchten und Ouzo dienen.

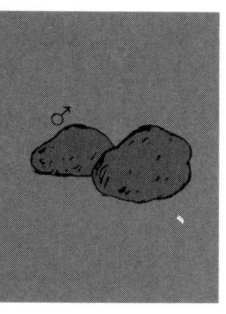

Schmelzkartoffeln

Die beiden nunmehr zu Bundesgenossen mutierten Gegenspieler hatten verabredet, daß derjenige, der als nächster mit ihr verabredet war, in diesem Fall also Damoklis, das Rendezvous um zwei Tage verschieben sollte – unter dem Vorwand, in einer dringenden Angelegenheit umgehend verreisen zu müssen.

Statt dessen hielt es Damoklis für angebracht, den ganzen Nachmittag zu opfern, um seiner Geliebten die vorzüglichsten geschmorten Kartoffeln der Welt zu bieten. Er wollte nichts Umwerfendes kochen. Er wollte eines der köstlichsten, aber auch eines der gewöhnlichsten Gerichte der griechischen Küche zubereiten: geschmorte Lammkeule mit Kartoffeln. Bedeutung hatte nicht das Was, sondern das Wie. Er hatte beschlossen, Nana zu überraschen, indem er nicht den Geschmack der Kartoffeln, sondern das äußere Erscheinungsbild des weitverbreiteten und herkömmlichen Erdapfels verwandelte. Er wollte Nana Kartoffeln vorsetzen, die kaum wiederzuerkennen und als Kügelchen von einem Zentimeter Durchmesser auch für Repräsentationszwecke zu gebrauchen waren. Kartoffeln, die zwischen ihre Purpurlippen gleiten und ihr auf der Zunge zergehen sollten, ohne daß sie mühevoll kauen mußte. Schmelzkartoffeln, dachte er selbstzufrieden.

Mit einem scharfen kleinen Messer schnitt er die Kartoffeln in Würfel und verlieh diesen anschließend wie ein Bildhauer die erwünschte Rundung. Nachdem ihm die ersten zehn Kügelchen gut von der Hand gegangen waren, begann ihm ihre Gleichförmigkeit Sorgen zu bereiten. Ihn beunruhigte der Gedanke, Nana könnte annehmen, die Kartoffeln hätten diese Form durch maschinelle Bearbeitung oder Serienproduktion erhalten. Sogleich amüsierte er sich jedoch über seine Ängste und schnitt gleichförmige Würfel, die er weiterbearbeitete und zu wunderbaren Kügelchen formte, deren Durchmesser zwischen etwa zwei und drei Zentimetern schwankte. So würde sich nicht nur der Eindruck von Handarbeit einstellen, sondern auch die unerhörten Mühe erkennbar bleiben, die er auf sich genommen hatte.

Er legte ein Stück Lammfleisch in den Bräter, nachdem er überflüssiges Fett abgeschnitten und das Fleisch ausgiebig gesalzen und gepfeffert hatte. Um das Lamm herum ordnete er die Kartoffeln an, übergoß sie mit zwei Glas Wasser, dem Saft zweier Zitronen und ein wenig Olivenöl, würzte sie mit Salz, Pfeffer und zwei gründlich zerkleinerten Knoblauchzehen und wendete sie mit einem Holzspatel ausgiebig in diesem Saft. Er schob den Bräter in den bereits auf mittlere bis hohe Temperatur vorgeheizten Ofen und blickte auf die Uhr. Ihm blieb noch genug Zeit, ein Backblech voll Baklava zuzubereiten.

Unmittelbar danach und noch bevor die Wohlgerüche der Speisen den Zweck seiner Betriebsamkeit preisgaben, überdachte er die Maßnahmen, die er ergreifen mußte, damit Dimitris nichts von seinem Vertragsbruch mitbekam. Obwohl es Sommer war – und noch dazu Hochsommer – schloß er die Fenster und schaltete die Klimaanlage ein. Er ließ die Rolläden herunter, um zu verhindern, daß irgendein Lichtstrahl oder Widerschein nach außen drang.

Wieder blickte er auf seine Uhr – die Stunde der Verabredung mit Nana nahte. Es war fünf vor neun. Nun führte er den entscheidenden Schachzug aus, um Dimitris endgültig hinters Licht zu führen. Er rief ihn an.

»Dimitris, hier spricht Damoklis. Sag mir doch bitte mal die Uhrzeit. Meine Uhr zeigt halb neun. Ich habe aber den Eindruck, daß sie nachgeht. Schaffe ich es noch rechtzeitig ins Theater?«

»Na und ob die nachgeht! Du bist sehr spät dran«, entgegnete Dimitris. »Es ist genau fünf vor neun. Wenn du dich sofort auf den Weg machst, schaffst du es noch. Welches Stück siehst du dir an?«

»Die *Babylonische Verwirrung* im Herodes-Attikus-Theater«, antwortete Damoklis im Brustton der Überzeugung und wollte den Hörer auflegen.

»Damoklis«, hielt ihn Dimitris zurück.

»Was gibt's, Dimitris?«

»Sag mal, Damoklis, ich möchte ja nicht indiskret sein, antworte nur, wenn du möchtest. Wie hat denn Nana die Verlegung eures Rendezvous aufgenommen?«

»Gefaßt«, entgegnete Damoklis, ohne lange nachzudenken. »Du kennst ja Nana, oder? Sie tat so, als ginge sie das Ganze gar nichts an. Sie meinte sogar, das sei ohnehin besser und sie hätte das Treffen ebenfalls verschieben wollen, weil sie, so behauptete sie, ihrem Mann ein wenig mehr Zeit widmen und sich so über seine Befürchtungen und Verdächtigungen amüsiert hinwegsetzen wolle. Ein unverschämtes Frauenzimmer, Dimitris, ein wirklich unverschämtes Frauenzimmer«, schloß Damoklis den Versuch, Nana in Dimitris' Augen herabzusetzen.

»Du klingst jedenfalls ganz gefaßt«, meinte Dimitris.

»Wie sollte ich denn sonst reagieren?« sagte Damoklis. »So lange zapple ich schon in Nanas Fängen, da muß ihre Gefühllosigkeit ja auf mich abfärben.«

»Ich würde ja gern mit dir ins Theater gehen«, meinte Dimitris, »aber ich treffe mich heute abend mit ein paar alten Freunden und kann nicht im letzten Augenblick absagen.«

Als Damoklis den Satz »Ich würde ja gern mit dir ins Theater gehen« hörte, verlor er kurzfristig die Fassung. Was sollte er tun? Die Zeit reichte nicht mehr zum Umdisponieren. Er konnte Nana nicht in letzter Minute anrufen und die Verabredung absagen. Wie konnte er sich da bloß herausreden? Außerdem war Nana vermutlich bereits unterwegs zu seiner Wohnung. Und wenn er, um Nana gegenüber nicht erstmalig unzuverlässig zu erscheinen, Dimitris' Angebot (aber unter welcher Ausrede bloß?!) ausschlug, dann würde sein Ränkespiel auffliegen und offenkundig werden, daß er ihre Abmachung auf himmelschreiende Weise verraten hatte. Dann würde er sich blamieren und zum Hanswurst machen. Was für ein mißglückter Trick, die Ausrede mit dem Theater! konnte er gerade noch denken, bevor ihn Dimitris wieder beruhigte, indem er den Satz zu Ende führte »Ich treffe mich heute abend mit ein paar alten Freunden ...«

»Dimitris, tut mir leid, ich muß jetzt los«, sagte Damoklis und stieß einen Seufzer der Erleichterung aus. »Ich verpasse sonst das Stück«, schloß er und legte auf.

Gleich darauf inszenierte er einen überaus theatralischen und lautstarken Abgang. Er warf die Tür mit Wucht ins Schloß, damit Dimitris seinen Aufbruch mitbekam. Er fuhr mit dem Fahrstuhl ins Erdgeschoß; kaum eine Sekunde später setzte sich der Fahrstuhl wieder in Bewegung. Er verfolgte auf der Leuchttafel dessen Fahrt aufwärts bis zur sechsten Etage und dann wieder abwärts. Als der Fahrstuhl die vierte Etage passiert hatte, stieg Damoklis in aller Gemütsruhe die Treppe wieder hoch. Er hörte, wie sich die Tür des Fahrstuhls öffnete und wieder schloß und dann die schwere Haustür geräuschvoll ins Schloß fiel. Dimitris stand jetzt vermutlich auf der Straße und winkte gerade nach einem Taxi zum Herodes Attikus-Theater. Dort würde er sich nicht der Gefahr aussetzen, das Theater zu betreten, sondern, vor den

Blicken der verspäteten Theaterbesucher verborgen, unter höchsten Sicherheitsvorkehrungen irgendwo dem Eingang des antiken Theaters mit seiner eindrucksvollen Steintreppe gegenüber Stellung beziehen. Dort konnte er damit rechnen, Damoklis zu sehen und feststellen, ob er allein oder in Nanas Begleitung war. Falls seine Beschattung beim Eintreffen der Besucher keinen Erfolg zeitigte, so trug sie bestimmt nach dem Ende der Vorstellung Früchte.

Nach Damoklis' Berechnungen mußte Nana, selbst wenn sie sich verspäten sollte, während Dimitris' etwa dreistündiger Abwesenheit kommen. Nana traf tatsächlich mit der kleinen Verspätung von einer Stunde ein. Während er ihr mit einem leichten und durchtriebenen Lächeln standhaft in die Augen blickte, verspürte Damoklis ein noch nie dagewesenes Gefühl der Befriedigung: zum ersten Mal in seinem Leben brach er eine Abmachung. Die Befriedigung, seinen Bundesgenossen und Bruder im Geiste zu täuschen, die Befriedigung darüber, daß Dimitris sich auf dem Bürgersteig die Beine in den Bauch stand und das Hinein- und Herausströmen der Theaterbesucher bang, aber vergeblich beobachtete, war überwältigend. Seine Befriedigung steigerte sich zur Ekstase, als Nana von den geschmorten Kartoffeln kostete und sagte: »Das sind keine Kartoffeln, das sind Küsse.

Und was für Küsse! Ganz wie deine Küsse. Und deine Küsse sind die köstlichsten, die ich je gekostet habe. Ach Damoklis, wie du mich verwöhnst! Jetzt wünsche ich mir einzig und allein und mit Nachdruck, daß deine Küsse noch ein wenig köstlicher wären als diese göttlichen Kartoffeln, noch ein wenig köstlicher als deine bisherigen Küsse. Ich weiß, was ich dir abverlange, ist kein leichtes Unterfangen, doch du wirst dich anstrengen. Oder, Damoklis?«

»Ich werde mich anstrengen, Nana, ich werde mich anstrengen«, flüsterte Damoklis wie im Rausch, und beinahe die ganze Nacht hindurch — nur mit kurzen Unterbrechungen, um seinen trockenen und glühenden Mund mit ein paar Schluck Wein zu befeuchten — küßte er Nana in dem Bestreben, einen Kuß zustande zu bringen, der köstlicher war als die Kartoffeln. Doch vergebens. Nana tröstete ihn großherzig: »Gib die Hoffnung nicht auf, Damoklis. Setz dich nicht unter Druck! Du kannst es beim nächsten Mal wieder probieren.«

Und Damoklis blieb mit dem süßen Versprechen des kommenden Treffens zurück.

Geschmorte Lammkeule mit Kartoffeln

Eineinhalb Kilogramm Lammfleisch, vorzugsweise eine Keule, leicht mit Öl einreiben, salzen, pfeffern, sorgfältig in Backpapier oder Alufolie einhüllen und in die Mitte eines Bräters legen. Rundum zehn mittelgroße, in je sechs oder acht Würfel zerteilte Kartoffeln verteilen. Zwei Tassen Wasser, eine drittel Tasse Olivenöl, den Saft zweier mittelgroßer Zitronen, drei Knoblauchzehen, Salz und Pfeffer hinzufügen. Den Bräter bei starker bis mittlerer Hitze zugedeckt zwei Stunden im Ofen lassen. Die Kartoffeln gelegentlich wenden. Danach das Fleisch aus der Umhüllung lösen, damit sich die Kartoffeln mit dem Bratensaft aus dem Backpapier vermischen. Das Fleisch von allen Seiten bräunen.

Zur geschmorten Lammkeule mit Kartoffeln – ein herrlicher Schmaus, der als besonderer Leckerbissen gilt – wäre ein pikanter Rucolasalat als Beilage das Nonplusultra.

Rucolasalat

Die Rucolablätter gut abspülen und die Stiele entfernen, die größeren Blätter zerschneiden, waschen, abtropfen lassen und in die Salatschüssel geben. Drei Eßlöffel Olivenöl, eineinhalb Eßlöffel Essig, eine fein zerdrückte Knoblauchzehe, Salz und Pfeffer hinzufügen und gut durchmischen. Zum Abschluß die Salatblätter mit den dunkelroten Beeren eines Granatapfels verzieren.

Gartenfrische, grüne Weinblätter

Am nächsten Tag war Dimitris an der Reihe, seine
Abmachung mit Damoklis mit Füßen zu treten. Die
Frage, ob er Nana sehen sollte oder nicht, quälte ihn
keine Sekunde lang. Keinerlei Abmachung war so
übermächtig wie die Sehnsucht, Nana in seinen
Armen zu halten, das Glück von ihren Lippen zu saugen, sie mit aufgerissenen, leuchtenden Augen zu
betrachten. Genauso heftig wie seine Sehnsucht, daß
auch sie ihr Glück dabei finden sollte, am verborgen-
sten und heißesten Teil seines Körpers mit der ihr
eigenen Kunstfertigkeit, mit der ihr eigenen Uner-
sättlichkeit zu saugen. Welche Glückseligkeit!
Und Damoklis? Wenn Damoklis sich zum Narren
halten ließ, konnte Dimitris schließlich nichts dafür.

Außerdem kam ja der Vorschlag, dieser lachhafte Vorschlag, Nana weniger oft zu treffen, nicht von Dimitris, sondern von Damoklis. Damoklis hatte sein Schicksal verdient. Außerdem war keinerlei schriftliche Abmachung getroffen worden. Wenn Damoklis es ertrug, Nana nicht zu sehen, war das seine Angelegenheit. Dimitris jedenfalls ertrug es nicht, nein, er hielt das einfach nicht aus. Er würde Nana sehen, er würde Nana bestimmt sehen, und sollte Damoklis davon erfahren, so war das auch egal.

Seit dem frühen Morgen stand nun Dimitris in seiner Küche und rollte Weinblätter, winzig kleine gefüllte Weinblätter, die klitzekleine Häppchen bildeten, auf Nana Eindruck machen und ihren anspruchsvollen Gaumen erfreuen sollten. Gefüllte Weinblätter, deren Inhalt aus Langkornreis, Zwiebeln, ganz wenig Knoblauch und Dill bestand, eine Füllung, die fest von gartenfrischen, dunkelgrünen Weinblättern umschlossen war.

Er war schon früh mit der Vorbereitung des Abendessens fertig, mußte nur noch im letzten Augenblick, kurz vor dem Anrichten, die Zitronensoße zubereiten, die zu den Weinblättern gereicht werden sollte. Durch keinerlei Betriebsamkeit mehr abgelenkt, versank Dimitris in quälenden Gedanken. Von neuem durchlebte er den Alptraum der vergangenen Tage.

Besonders störte ihn, daß ihn Nana seit langem betrog, ohne daß er etwas davon geahnt hatte. Freilich betrog sie auch Damoklis, doch der wußte um den Betrug. Damoklis war ihm also überlegen, weil er genau wußte, was vorging. Er kannte die Gegebenheiten, er hatte die Situation unter Kontrolle, er konnte sich den Erfordernissen des Spiels anpassen. Ohnedies erwies sich Damoklis als der geistreichere von ihnen. Auch deshalb, weil ihn die Liebe zu Nana nicht geblendet und ihm noch einigen Spielraum für Vorbehalte, Durchblick und Einschätzungsvermögen gelassen hatte, um ihr Verhalten richtig zu deuten. Aber auch deswegen, weil er, Dimitris, in der dumpfen und blinden Begeisterung seiner Liebe seinem Widersacher gegen seinen Willen alle Auskünfte über das Vorgehen der Treulosen in die Hände gespielt und ihm damit Geheimnisse verraten hatte, die der hinterhältige Damoklis für sich nutzte. Deshalb ging Damoklis als vorläufiger Sieger aus dem Liebesduell hervor. Sicherlich, so dachte er, wenn er nur seinen kühlen Kopf wiedergewann und seinen Haß auf Damoklis etwas mäßigte, würde es in diesem unerhörten Zweikampf weder Sieger noch Besiegte geben, denn beide teilten dann denselben heißersehnten Siegespreis beziehungsweise tranken aus demselben bitteren Kelch!

Die Lage war vollkommen ausweglos. Beide Kämpfer mußten wieder bei Null anfangen. Was half es ihnen, daß sie nun voneinander wußten? Nana ahnte nichts davon und sie würde ungestört ihr wenig erbauliches Treiben fortsetzen, genauso wie bisher. Solange ihr Wissen nicht in handfestes Handeln überging, verbesserte sich ihre festgefahrene und ausweglose Lage um keinen Deut. Was nützte es Damoklis, daß er zwar etwas wußte, aber nicht reagieren konnte? Nichts. Und was nützte es ihm selbst, daß er zwar etwas wußte, aber nicht aktiv werden konnte? Ebenfalls nichts. Dimitris knirschte mit den Zähnen und beschloß, etwas zu unternehmen. Die Übertretung seiner Abmachung mit Damoklis, dieser zur Untätigkeit verdammenden und haltlosen Abmachung, war bereits der erste Schritt. Wenn er die Abmachung einhielt, wenn auch er also Nana weniger oft traf, war das wahrscheinlichste Resultat, daß Nana – viel zu sehr sich selbst überlassen – ohne Zaudern einen dritten oder gar vierten Liebhaber in ihre Sammlung aufnahm. Zudem bestand die Gefahr, daß die selbstverliebte Nana, die sich für den Mittelpunkt der Welt hielt, durch die wiederholten Aufschübe und Verlegungen von Verabredungen verstört, das Interesse an ihrer Person als im Schwinden begriffen interpretieren und sie beide kurzerhand und ohne Abschied verlassen könnte.

Dimitris faßte sich ein Herz. Er wollte Nana nicht nur jeden zweiten Tag treffen wie bisher, sondern er würde auch die Tage für sich einfordern, an denen Damoklis auf Nana verzichtete. So würde er das Ruder herumreißen und zum fast ausschließlichen Geliebten Nanas aufsteigen, während Damoklis zum nebenberuflichen Liebhaber degradiert würde. Dimitris mußte also seine Treffen mit Nana vor Damoklis verbergen und zugleich Damoklis' ahnungslosen Verzicht durch anerkennende Ermunterung befördern.

Die Stunde von Nanas Besuch nahte und Dimitris verfiel — was er für originell und zweckmäßig hielt — auf denselben Trick, den Damoklis am Vortag eingesetzt hatte: er ließ die Rolläden herunter, schloß die Fenster, schaltete die Klimaanlage ein und inszenierte den scheinbaren Abgang aus seiner Wohnung. Er warf die Tür lautstark hinter sich zu, wartete auf den Fahrstuhl, stieg ein und fuhr ins Erdgeschoß hinunter, ging die Treppe in die sechste Etage wieder hoch, betrat wieder seine Wohnung und wartete auf Nana. Mit einem leichten, zufriedenen Lächeln stellte er sich vor, wie Damoklis händeringend ein Taxi zum Herodes-Attikus-Theater suchte. Dem war freilich ein Telefongespräch vorangegangen, in dem er aus Damoklis' Mund wahre Lobeshymnen auf die *Babylonische Verwirrung* sowie auch die Ermahnung: *Laß dir dieses Stück ja nicht entgehen!* gehört hatte.

Kurze Zeit später hob Nana die helle Zitronensoße, die den gefüllten Weinblättern gleichsam einen Heiligenschein aufsetzte, in den Himmel, während Dimitris, inspiriert durch ihre bekannte Pose im Sessel, die Gelegenheit, die ihm ihre geltungsbedürftigen Schenkel boten, ergriff und einen Lobgesang auf ihre Strumpfhalter anstimmte, die die makellosen Alabasterschenkel mit Lorbeer bekränzten. Gleich anschließend und noch ehe Dimitris ein Treffen für den nächsten Tag vorschlagen konnte, kam ihm Nana mit einem tiefen Seufzer zuvor. Gemäß seiner Abmachung mit Damoklis sollten sie sich alle vier Tage sehen, sein Widersacher wäre also auch am nächsten Tag nicht an der Reihe.

»Nana, warum seufzst du denn?«

»Ich denke an den morgigen Tag, ein Tag der Qualen. Es ist unser erster Hochzeitstag. Du wirst verstehen, daß ich meinem Ehemann voll und ganz zur Verfügung stehen muß.«

Dimitris antwortete mit einem abgrundtiefen Seufzer. Sein Plan ging, vorläufig zumindest, nicht auf. Ihn tröstete jedoch der Gedanke, daß er sich morgen keinen Kopf zu machen brauchte. Nana würde sich nicht mit Damoklis treffen. Dennoch konnte er sich die Frage nicht verkneifen: »Warum trennst du dich eigentlich nicht von deinem Mann? Entschuldige bitte, aber ich begreife nicht, wieso du ihn geheiratet hast«, und er erhielt eine Antwort, die ihn aufs neue in einen Taumel der Glückseligkeit versetzte: »Warum ich ihn geheiratet habe? Was für eine Frage! Um dich lieben zu können.«

Gefüllte Weinblätter mit Reis

Bei der Zubereitung der Füllung genau so vorgehen wie für die gefüllten Paprikaschoten, Tomaten und Zucchini, nur von dem frischen Tomatensaft ist abzusehen (vgl. S. 62).

Ebenfalls benötigt werden dreißig frische, zarte mittelgroße Weinblätter, die eine Minute lang in siedendem Wasser blanchiert und dann mit kaltem Wasser übergossen wurden. Auf den unteren Rand jedes Weinblattes einen Eßlöffel Füllung geben. Zu kleinen, festen Zylindern von 3-4 cm Durchmesser zusammenrollen. Den Boden des Kochtopfes mit Weinblättern auslegen und darauf die gefüllten Weinblätter schichten. Zwei Tassen Wasser und eine drittel Tasse Olivenöl darübergießen. Auf die aufgeschichteten Röllchen einen umgedrehten Teller legen, damit sich die gefüllten Weinblätter während des Garens nicht lockern und auflösen können. Eine halbe Stunde lang bei milder Hitze garen, bis die Flüssigkeit aufgesogen oder verdampft ist.

Erkalten lassen und mit einigen Tropfen Zitronensaft beträufelt servieren.

Gefüllte Weinblätter mit Zitronensoße

Die rauhe Oberseite der kleinen, gartenfrischen Weinblätter mit einem Eßlöffel derselben Füllung wie im Rezept der Kohlrouladen belegen (vgl. S.63). Einklappen, zusammenrollen und auf die dort beschriebene Art garen. Zum Schluß die Zitronensoße zubereiten.

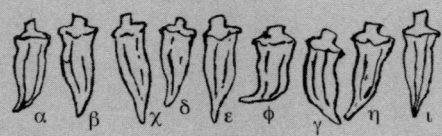

Ein untergeschobenes Gericht

Am nächsten Tag wachte Damoklis nicht auf. Der Grund dafür war, daß er gar nicht geschlafen hatte. Als Dimitris die Tür ins Schloß warf und vorgab, das Haus zu verlassen, als er mit dem Fahrstuhl ins Erdgeschoß hinunterfuhr, als er über die Treppe wieder zu seiner Wohnung hochstieg, verblieb Damoklis, der aus eigener Erfahrung die befremdlichen Taschenspielertricks voraussah, in seiner Wohnung und wartete hinter dem winzigen Spion in seiner Tür darauf, daß seine Voraussagen eintrafen. Und binnen kürzester Zeit, ja innerhalb einer Minute, bewahrheiteten sie sich: er sah Dimitris arglos in seine Wohnung zurückkehren. Und sie bewahrheiteten sich ein weiteres Mal mit Verspätung, mit der Verspätung von einer

Stunde, als er Nana den feindlichen Schlupfwinkel betreten sah. Da zog er sich ins Halbdunkel seiner Wohnung zurück, legte sich angezogen aufs Bett und gab sich die ganze Nacht lang einer Selbstkritik hin, die ihn bis ins Mark erschütterte.

Die Abmachung mit Dimitris, Nana weniger oft zu treffen, ist lächerlich, und — was mich angeht — gar nicht durchführbar, dachte er. Ich habe die Abmachung, die ich selbst vorgeschlagen hatte, als erster mit Füßen getreten. Da ich es faustdick hinter den Ohren habe, vermied ich es, unsere Abmachung wasserdicht zu machen. Da ich sicher war, daß ich sie übertreten würde, habe ich die einzig wirksame Bedingung nicht festgeschrieben: die Kontrolle des jeweils anderen Vertragspartners während der Zeit, in der uns Nana üblicherweise besuchte. Und, unter uns gesagt, hatte ich keine große Lust, meine Nächte mit Dimitris zu verbringen. Ich überließ die Abmachung also einem ungewissen Schicksal, aus Notwendigkeit und Ehrgefühl. Doch der Drang, Nana zu umarmen, war größer als die strategische Notwendigkeit, bewußt auf Nana zu verzichten. Was das Ehrgefühl betraf, so hatte sich erwiesen, daß Dimitris keinen Funken davon besaß. Darüber hinaus ließ ich zu, daß mein Widersacher sich für schlauer hält als mich. Seiner Meinung nach, wohlgemerkt. Er glaubt, er hätte mich reingelegt! Er glaubt, ich ahnte nicht, daß er Nana trifft! Er glaubt, daß ich sie auch nicht getroffen habe! Er meint, ich sei ins Theater gegangen. Es kommt ihm wohl gelegen, an diesem Glauben festzuhalten und seine Ahnungslosigkeit bis zur Neige auszukosten. Sie mit der zusätzlichen Lust auszukosten, die ihm seine eigene fehlende Beharrlichkeit und meine angebliche Blödheit liefert. Ich werde jedoch ein weiteres Mal alles aufdecken, ich werde ihm beweisen, daß ich nicht blöde bin, daß ich unsere Abmachung ebenso – und noch früher als er – in den Wind geschlagen habe. Ich werde ihm beweisen, daß ich mich noch widersprüchlicher verhalte als er. Und ich werde die Abmachung für nichtig erklären.

Unter dem Vorwand, ein Verwandter habe ihm vom Dorf ein Freilandhuhn geschickt, lud Damoklis Dimitris zu einem leichten Mittagessen ein.

Die Tatsache, daß alle Teile des Huhnes auf dem Teller lagen, bot Dimitris keinen Grund, an Nanas Aufrichtigkeit zu zweifeln. Seine Geliebte würde tatsächlich mit ihrem Gatten den ersten Hochzeitstag ihrer unglücklichen Ehe begehen. Jedenfalls würde sie Damoklis nicht treffen. Denn wenn er sie träfe, hätte er doch ein paar Hühnerstückchen für das abendliche Mahl aufgehoben. Damoklis' Großzügigkeit, ihm ein hervorragendes und in der Vorbereitung dermaßen aufwendiges Gericht darzureichen, das üblicherweise anspruchsvollen Liebhaberinnen und keinen befreundeten Erzrivalen vorgesetzt wird, ließ in ihm einige vorläufige, aber wirklich nur ganz vorläufige Gewissensbisse entstehen. Doch der erbitterte Wettkampf um die Gunst einer Frau schließt Gewissensbisse und Gefühlsduselei von vornherein aus. Er schlüpfte wieder in die eherne Ritterrüstung des Kämpfers und verausgabte sich bis zur Erschöpfung in einem brutalen Duell der Völlerei, bis auch das letzte Krümelchen zarten Fleisches vom Teller und damit auch die geringste Wahrscheinlichkeit, daß Nana in dessen Genuß kommen könnte, vom Tisch gefegt war. Als er gerade den allerletzten Knochen abnagte, packte ihn plötzlich ein Schreck. Er stellte fest, daß Hals und Flügel des Hühnchens nicht serviert worden waren. Er fragte sich, ob – da er bislang Nana noch kein Huhn vorgesetzt hatte – es sich dabei etwa um ihre Lieblingsextremitäten handelte. Bevor er aber Hals über Kopf in die Hölle des Argwohns stürzen konnte, servierte Damoklis eine Zitronensuppe, die mit Sicherheit, daran bestand kein Zweifel, aus Hals und Flügeln des Huhns zubereitet worden war. Als Dimitris auch den letzten Löffel der samtigen Suppe verspeist hatte und gerade selbstzufrieden an den sorgenfreien bevorstehenden Abend dachte, wurde plötzlich die

Frage an ihn gerichtet: »Und wie fandest du die *Babylonische Verwirrung*?«

Damoklis machte sich daran, alles offenzulegen, in die Tat umzusetzen.

»Die *Babylonische Verwirrung*?« fragte Dimitris perplex. »Wie soll ich sie denn schon gefunden haben? Ein wunderbares Stück. Du hattest recht, diesen Theaterabend anzuregen.«

Und Damoklis, der keine Ahnung vom Inhalt der *Babylonischen Verwirrung* hatte, jedoch treuherzig meinte, daß sich nahezu alle Theaterstücke um die Liebe drehten, genoß voller Rachlust Dimitris' Unbedarftheit in vollen Zügen:

»Und die Hauptdarstellerin? Wie fandest du die?«

»Wie schon? Wie alle anderen Hauptdarstellerinnen auch.«

»Die hatte aber was«, meinte Damoklis.

»Ja, sie hatte was, aber nichts Besonderes«, sagte Dimitris.

»Ihr fehlte die Bühnenpräsenz«, meinte Damoklis.

»Ja, irgendwie hatte sie Bühnenpräsenz und auch wieder nicht«, sagte Dimitris in einem Versuch, Damoklis' Gedankengängen zu folgen, um nicht in irgendein Fettnäpfchen zu treten.

»Sie war einfach mimisch nicht auf der Höhe. Sie konnte nicht überzeugend rüberbringen, daß sich zwei Männer wegen ihrer nicht gerade umwerfenden Schönheit an die Gurgel gehen. Ich fand sie, gelinde gesagt, unerträglich«, sagte Damoklis.

»Auf den ersten Blick vielleicht unerträglich! Sie muß aber auch irgendwelche verborgenen Reize gehabt haben«, setzte Dimitris, der personifizierte Widerspruchsgeist, dagegen.

»Ihre verborgenen Reize traten aber nicht zutage. Ans Tageslicht kam allein ihre offensichtliche Verlogenheit. Es kann doch nicht sein, daß sie sich, nur um den von ihrer Treulosigkeit enttäuschten Liebhaber zu rühren und wieder an sich zu fesseln, von der Brücke des Ozeanriesen ins Meer stürzt, obwohl sie sicher ist, daß sich an diesem Punkt eine Untiefe befindet«, schloß Damoklis.

»Ich verstehe nicht«, meinte Dimitris, »wie ein Ozeandampfer überhaupt in so seichten Gewässern fahren kann.«

»Poetische Demenz«, meinte Damoklis.

»Poetische Demenz«, wiederholte Dimitris lachend.

»Ich habe noch nie solch einen Humbug im Theater gesehen«, sagte Damoklis.

»Und ich wunderte mich schon, warum du mich gedrängt hast, mir ein so idiotisches Stück anzusehen«, sagte Dimitris.

»Du hast es ja Gott sei Dank nicht gesehen«, knurrte Damoklis.

»Ich soll es nicht gesehen haben? Wie kommst du denn darauf?« gab sich Dimitris überrascht.

»Hättest du es gesehen: um so schlimmer für dich. Ich jedenfalls habe es nicht gesehen«, sagte Damoklis, nahm damit das Heft in die Hand und stürzte Dimitris von einer Überraschung in die nächste. »Nein, Dimitris, ich habe es nicht gesehen. Wie hätte ich auch! Ich war doch mit Nana verabredet«, schloß er.

»Mit Nana?! Und was ist mit unserer Abmachung?« fragte Dimitris außer sich.

»Ich habe Nana entgegen unserer Abmachung getroffen. Und ich werde sie auch heute abend sehen. Wenn du so blöd bist und dich nicht mit ihr triffst, kann ich doch nichts dafür.«

»Ich und blöd!« protestierte Dimitris lautstark. »Selbstverständlich habe ich sie gesehen und werde sie auch morgen treffen.«

»Dann ist unsere Abmachung ja hinfällig«, sagten beide wie aus einem Mund, überglücklich und vor allem vollauf zufrieden, weil sie einander in nichts nachstanden. Sie prosteten sich triumphierend zu, während ihre Blicke immer düsterer wurden. Sie dachten mit Schrecken an ihre kommenden Seelenqualen.

»Sag mal, Damoklis«, brach Dimitris das lange Schweigen. »Was wird Nana heute abend essen? Ich habe auch den allerletzten Hühnerknochen ratzeputz abgenagt.«

Da führte Damoklis Dimitris in die Küche, hob als Demonstration der Stärke und der Gefechtsbereitschaft die Deckel zweier Kochtöpfe hoch und zeigte dem überrumpelten Rivalen deren Inhalt. In dem einen Topf befand sich Huhn mit Okraschoten und im anderen Zitronensuppe.

»Das ist das Original«, sagte Damoklis mit kaum unterdrückter Überheblichkeit. »Dir habe ich die Fälschung untergeschoben.«

»Ein untergeschobenes Gericht, das esse ich zum ersten Mal«, meinte Dimitris verdutzt.

»Dies ist das heutige Abendessen für Nana, das echte Abendessen«, sagte Damoklis.

»Und ich ... was habe ich eigentlich gegessen? Was liegt mir wie Blei im Magen? Eine Mogelpackung etwa?« fragte Dimitris.

Hühnersuppe

Einen Liter kaltes Wasser und ein halbes zerteiltes Huhn (auf jeden Fall mit Hals und Flügel) in einen Kochtopf geben und auf großer Flamme erhitzen. Nach dem ersten Aufkochen den Schaum abschöpfen und eine halbierte Zwiebel, eine geschälte Knoblauchzehe, drei Karotten, eine kleine Kartoffel, eine Selleriestange, ein kleines Lorbeerblatt und Salz und Pfeffer hinzufügen. 45 Minuten bei mittlerer Hitze kochen lassen. Den Sud durch ein Sieb in eine Suppenschüssel gießen und das weichgekochte Gemüse passieren. Die Suppe in den gereinigten Kochtopf zurückgießen und 1/3 Tasse Reis dazugeben. 15 Minuten bei mittlerer Hitze kochen. Vom Herd nehmen und in der Suppenschüssel die Zitronensoße nach dem bereits bekannten Rezept zubereiten. Das Hühnerfleisch von den Knochen lösen und mit der Suppe servieren.

Huhn mit Okraschoten

Ein Kilogramm kleine, 3-4 cm lange Okraschoten gut abbrausen. Mit einem scharfen Messer die Kappe mit dem Stielansatz entfernen. In eine Schüssel legen, leicht salzen und mit Essig beträufeln. Bei einer Temperatur von mindestens 30° C im Schatten drei Stunden lang in die Sonne bzw. auf niedrigster Temperaturstufe in den Backofen stellen. Danach 1-2 Minuten lang leicht anrösten. Das zerteilte Hühnerfleisch in einem anderen Topf in Olivenöl goldbraun anbraten. Das Öl abgießen und die Fleischstücke auf einen großen Teller legen, salzen und pfeffern. In den Topf 2 Tassen Wasser, 1 Tasse frischen Tomatensaft, 1/3 Tasse Olivenöl und 2-3 feingehackte Knoblauchzehen geben und unter kräftigem Rühren den Satz vom Topfboden lösen. Die Hühnerstücke hineinlegen, zudecken und bei milder Hitze 45 Minuten garen. Dann die angerösteten Okraschoten hinzufügen und weitere 15 Minuten kochen. Heiß oder lauwarm servieren.

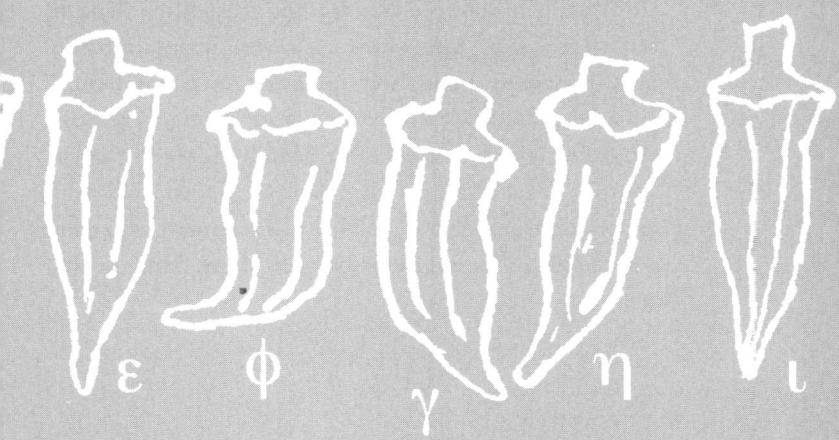

Dornige Prinzessinnen

Es war nahezu ein Monat vergangen, seit die beiden
Widersacher einander ihre niemals eingehaltene
Abmachung an den Kopf geworfen hatten. Es wurde
ein Monat, in dem sie ständig und vergeblich danach
trachteten, das Joch ihrer Sklaverei abzuschütteln,
und trotzdem von ihrer gemeinsamen Geliebten
abhängig blieben. So oft sie ein neues Bündnis schlos-
sen, so oft kündigten sie es im Handumdrehen wieder
auf. Ihr Verstand und ihre Körper ließen sich von
einem einzigen lasziven Blick, von einem einzigen
einladenden Übereinanderschlagen ihrer Beine bezir-
zen.

Da sie nicht fähig waren, den Lauf der Dinge zu ändern, durchlebten sie die Höllenqualen der Liebe. Die fortdauernde Ausweglosigkeit hatte offenkundig Auswirkungen auf ihr Verhalten. Ihr Auftreten war unsicher, ihr Blick verhangen, ihre Bewegungen tollpatschig und ihre Stimme matt und melancholisch. Ihre Liebesnächte mit Nana wurden, trotz der trügerischen Entflammbarkeit ihrer Geliebten, schwerfällig. Ihre Küsse, die die geliebten Lippen versiegelten, schmeckten schal und fade.

Selbst ihre Kochkunst hatte gelitten. Die Gerichte, die sie Nana darbrachten, hatten das gewisse Etwas verloren, das sie von den einfach gekochten, aber langweiligen Speisen unterschied, von den bloß sättigenden Gerichten, die jede x-beliebige brave Hausfrau zubereiten konnte. Es fehlte ihnen jene unmerkliche, besondere Zärtlichkeit, jene zwar minimale, aber doch so bedeutungsvolle Kleinigkeit in der Zubereitung, die Speisen zu Kunstwerken machte. Zu Kunstwerken, die zwar vergänglich, aber aus eben diesem Grund auch gefühlsbetont waren, zu Kunstwerken, die eine schmerzliche Sehnsucht nach den vergangenen, unwiederbringlichen Augenblicken auslösten, als jeder Bissen alle drei daran erinnerte, daß die schönen Dinge nur sehr kurz währten, als jedes Häppchen sie an Trennung und Tod gemahnte. Diese großartigen

Augenblicke, als die Zungen- und Gaumenfreuden den Gedanken an den Tod zu vertreiben vermochten, waren ein für allemal vorbei. Nunmehr hatten Damoklis und Dimitris die Schwelle zu einer anderen Welt überschritten, aus der Freude und Genuß für immer verbannt waren.

Nana konnte ihr verändertes Verhalten unmöglich verborgen bleiben. Diese Veränderung ging Hand in Hand mit gewissen zufälligen Bemerkungen, gewissen Anspielungen, die ihnen entfuhren, sowie auch gewissen, zwar halbherzig vorgebrachten, aber ironisch gemeinten Kommentaren. All das weckte ihren Verdacht. Mit dem ihr eigenen Gespür und der ihr eigenen Beobachtungsgabe begriff sie, daß die beiden Liebhaber ihr Spiel durchschaut hatten und ihr, kopfscheu geworden, früher oder später – vermutlich aber eher später – das offenbaren würden, was für sie selbst schon gar keine Neuigkeit mehr war. Irgendwann würden sie sich entschließen, aus ihrer ausweglosen Lage auszubrechen, ihren verletzten Stolz zu überwinden und ihr gramgebeugtes männliches Haupt wieder zu heben.

Nana war nicht in die Männer, sondern in das Spiel der Liebe verliebt, das – bis zur größtmöglichen Perfektion getrieben – ein überschäumendes Verlangen in die Männerherzen pflanzt. Dieses für sie unterhaltsame Spiel verstand sie fast bis zur Unerträglichkeit zu steigern. Jedesmal überzeugte sie den jeweiligen Geliebten, daß sie ebenso verliebt war. Sie trieb das Spiel auf die Spitze, indem sie sich selbst davon überzeugte, verliebt zu sein. Im großen Spiel der Liebe war der Schein stärker als das Sein, während das Sein sich in das Gewand des Scheins hüllte. Nur eine vorgespielte Liebe, wie ihre eigene, bot Glückseligkeit, während die wahre Liebe, wie die ihrer beiden Geliebten, ein tristes und freudloses Dasein versprach.

Nana beschloß also, sich von ihren kopfscheu gewordenen Liebhabern das Spiel der Liebe nicht verderben zu lassen. Sie würde selbst die Zügel in die Hand nehmen, sie würde ihre Beine, ihren Verstand, ja selbst ihren Ohrring in die Waagschale werfen, um die beiden Unglücksraben wieder zur Glückseligkeit der Utopie zurückzuführen. Sie würde ihren voraussehbaren Schachzügen mit eigenen Winkelzügen zuvorkommen. Mit den mildtätigsten Lügen würde sie die beiden vor völlig neue Tatsachen stellen, neue Lust und neuen Genuß hervorrufen.

Bei ihrem nächsten Treffen mit Damoklis gelang ihr das Unmögliche, nämlich sich selbst als noch unglücklicher darzustellen als ihren zutiefst trübsinnigen Liebhaber. Sie zwang ihn auf diese Weise, ihr beizustehen und alles, was er ihr nach so langer schmerzhafter Wartezeit an den Kopf werfen wollte, hintanzustellen.

»Was für die einen der Anfang ist, ist für die anderen das Ende«, hob Nana an und versetzte Damoklis mit ihren prophetischen, deutungsbedürftigen Worten in Angst und Schrecken. »Eine neue Liebe erwächst aus den Trümmern einer alten Beziehung«, fuhr sie fort. Und während sich Damoklis als wahrhaftiges seelisches Wrack und Trümmerhaufen der alten, zu Ende gegangenen Liebe fühlte, fuhr Nana fort, unverständliche Silben und Rauchkringel auszustoßen.

»Als ich mich Hals über Kopf in dich verliebte, war gerade ein anderer bis über beide Ohren in mich verliebt. Für ihn war und bin ich sein ein und alles. Er lebt einzig und nur durch mich. Wie könnte ich ihm nur das einzige, was er im Leben hat, entziehen? Wie bloß? Sag mir wie?« fragte Nana. »Für ihn bin ich das, was ich jetzt für dich bin. Denn bin ich nicht dein ein und alles, Damoklis? Lebst du nicht einzig und nur durch mich, Damoklis? Könnte ich dir denn das einzige, was du im Leben hast, wegnehmen, Damoklis?« fuhr Nana dramatisch fort. »Ich möchte, daß du dich in meine schwierige Lage versetzt. Ich brauche deinen Beistand. Wie kann ich jemanden, der mich liebt, ins Unglück stürzen? Jemanden, den ich auch ein wenig liebgewonnen habe? Seit zwei Monaten, seit ich dich so sehr lieben lernte wie noch niemanden zuvor, sehne ich mich mit allen Fasern meines Herzens danach, nur mit dir zusammenzusein, nur mit dir und immer nur mit dir.«

»Nana, du wirst nur mit mir und immer nur mit mir zusammensein«, sagte Damoklis, die Augen halb geschlossen.

»Aber wie soll ich Dimitris loswerden? Wie soll ich ihn loswerden, ohne ihn umzubringen?« meinte Nana mit unendlicher Trauer, aber auch Entschlossenheit in der Stimme.

Noch nie hatte sich Damoklis derart glücklich und verliebt gefühlt. Nana offenbarte ihm außer ihrer entwaffnenden Ehrlichkeit auch noch die verborgenen Vorzüge ihres Herzens, die den offensichtlichen Vorzügen ihres Dekolletés in nichts nachstanden. Wie war es möglich, daß soviel Hochherzigkeit, Großmut und ein solch butterweiches Gemüt in der Brust einer Teufelin wohnten? Das waren doch Tugenden, die sonst nur bei verliebten Menschen zu finden waren, dachte Damoklis. Nana war also verliebt, war bis über beide Ohren in ihn verliebt. Und er – verliebt, ja bis über beide Ohren in sie verliebt – würde sich gegen seinen ehemaligen Nebenbuhler genauso hochherzig, großmütig und butterweich zeigen, um so mehr, da Dimitris ja nicht irgendein dahergelaufener Unbekannter ist, sondern fast ein Freund, fast ein wirklicher Freund.

»Du weißt, wie man in dieser Lage vorgehen muß. Immer schön langsam und behutsam. Man darf Dimitris nicht unnötig verletzen«, sagte Damoklis in der Gewißheit, damit Nanas Bewunderung zu erringen.

»Du mußt mir ein wenig Zeit geben, damit ich den Boden für die Trennung vorbereiten kann«, meinte Nana gerührt.

»Du hast recht, Nana. Die Nachricht darf ihn nicht aus heiterem Himmel treffen wie ein Ziegelstein, der ihm auf den Kopf fällt«, sagte Damoklis mit unmerklicher Schadenfreude.

»Ein Monat dürfte genügen«, schloß Nana.

»Auch zwei Monate wären kein Problem«, meinte Damoklis siegesgewiß.

Damit gaben sich die beiden Verliebten der süßesten Umarmung hin, bevor sie dem Genuß der Artischocken in Zwiebelsoße erlagen.

»Der arme Dimitris«, sagte Nana, einen Bissen probierend. »Wenn er deine Artischocken kostete, würde er nie wieder welche kochen! Denn er kocht *Artischocken*, während du *dornige Prinzessinnen* zauberst!«

Artischocken in Zwiebelsoße

Von acht Artischocken die Stiele und die äußeren holzigen Blätter, große dornige Blütenblätter, entfernen und die Herzen herauslösen. Mit Zitronensaft einreiben und in einen tiefen Teller so in eine Mischung aus Wasser und einem Eßlöffel Mehl legen, daß die Herzen gerade bedeckt sind.

In einem Kochtopf fünf bis sechs in ca. 5 cm dicke Scheiben geschnittene Zwiebeln in Olivenöl anrösten. Die Artischocken mit dem Mehlwasser, einem halben Bund feingehackten Dill, Salz und Pfeffer dazugeben. Außerdem 1/4 Tasse Olivenöl und den Saft zweier kleiner Zitronen zugießen. 20-25 Minuten bei milder Hitze köcheln lassen.

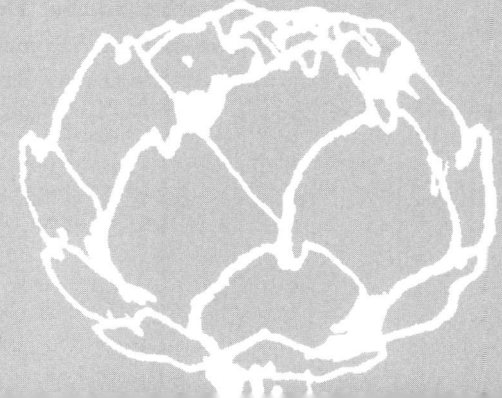

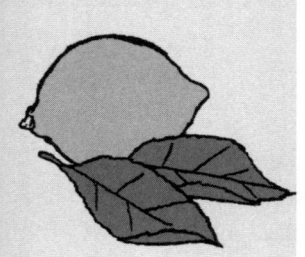

Magendrücken durch die federleichte Nana

Der verflossene, von Nana für Dimitris' Entsorgung benötigte Monat war für Damoklis wie eine honigsüße Hochzeitsreise. Er genoß seine Liebe im sicheren Bewußtsein des bevorstehenden, endgültigen Triumphs über den Nebenbuhler. Erfaßt von der süßesten Ungeduld, lag ihm daran, den Widersacher tagtäglich zu sehen, um in dessen Gesicht mit kaum verhohlener Bosheit nach Spuren veränderten Verhaltens zu suchen, nach Spuren von Unruhe und Melancholie, von schrittweiser schmerzlicher Trennung von Nana. Sein Stolz erlaubte ihm freilich nicht, sich seine freudige Erwartung von Opfer oder Täterin bestätigen zu lassen. Zudem wollte er in eine solch unerfreuliche

Geschichte nicht hineingezogen werden, den Schein seiner Überlegenheit weiterhin wahren und die weitere Entwicklung der Dinge nicht zwanghaft beschleunigen. Es sah so aus, als respektierte er Nanas schwierige und Dimitris' noch viel schwierigere Lage.

Das herbeigesehnte Ende der Monatsfrist war bereits erreicht und Damoklis suchte, trotz der intensiven Beobachtung des Opfers und ihres immer enger werdenden Kontakts, in Dimitris' Zügen vergeblich nach Anzeichen einer bevorstehenden Trennung.

Auch der zweite Monat verging und damit die Frist, die Damoklis Nana großzügig eingeräumt hatte, um ihre Bindung zu Dimitris so schmerzlos wie nur möglich zu lösen. Angst machte sich wieder in seinem Herzen breit, und der kalte Schweiß stand ihm auf der Stirn, als er feststellen mußte, daß sein Rivale nicht die geringste Spur von Niedergeschlagenheit oder Melancholie zeigte. Ganz im Gegenteil, elegante Ironie und Selbstvertrauen ließen darauf schließen, daß auch er gerade eine honigsüße Hochzeitsreise erlebte. Wie sollte es auch anders sein, da ihm doch Nana zu dem Zeitpunkt, als er schwer mit sich rang und endlich Erklärungen und Lösungsvorschläge fordern wollte, zuvorgekommen war und dargelegt hatte, daß sie noch ein wenig mehr Zeit bräuchte, um Damoklis loszuwerden?

Zwischen Damoklis und Dimitris bestand freilich ein großer kleiner Unterschied. Als für den ersten die Frist des zweiten Monats endete, begann für den zweiten gerade der zweite Monat der großen Erwartungen. Erst gegen Ende von Damoklis' stillschweigend durchlittenem dritten Monat und Dimitris' zweitem Monat teilten die beiden Widersacher ihr Unglück wiederum gerecht unter sich auf.

Bei einem Mittagessen – sie verabredeten sich stets um diese Zeit, um nicht die sorgsam organisierte Reihenfolge der abendlichen Treffen mit ihrer Geliebten, der beide wie die Lämmer zur Schlachtbank folgten, zu verletzen – beschrieben sie einander in allen herzzerreißenden Einzelheiten ihr Ungemach, und Nanas Gewitztheit offenbarte sich ein weiteres Mal in all ihrer Pracht.

Nach diesem Mittagessen, das aus einem ganzen gebratenen Ferkelchen und reichlich Retsina bestand, trennten sie sich torkelnd und mehr denn je in Nana verliebt. Und mehr noch als die erkleckliche Menge des ihrer Gesundheit äußerst abträglichen Essens lag ihnen die federleichte Nana im Magen.

Puderzucker, weiß wie die Unschuld ihres Herzens

Damoklis und Dimitris ertrugen es nicht länger, daß jeder für sich unter seinem Geschick litt. Alle Lösungsmöglichkeiten, denkbaren Verknüpfungen und Kompromisse waren längst erschöpft. Sie hegten nicht mehr die geringste Hoffnung, daß Nana den gordischen Knoten durchtrennen und einen von ihnen erwählen würde. Ganz im Gegenteil, Nana führte sie nach Strich und Faden an der Nase herum. Und warum auch nicht? Wo und wie würde sie idealere Liebhaber finden? Wo und wie würde sie gleichzeitig zwei bis über beide Ohren in sie verliebte Männer finden, die sich von ihr derartig zum Narren halten,

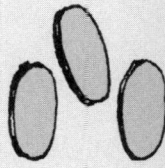

139

durch den Kakao ziehen, nasführen und verhohnepipeln ließen?

Bei einem kurzfristig einberufenen Treffen, das einer gewissen Dramatik nicht entbehrte, beschlossen sie beim Verspeisen männlich-herber und heldenhaftfettiger Gerichte wie Kokoretsi (am Spieß gegrillter Innereienzopf), Gardoumba (Innereienroulade) und Splinantero (mit Milz gefüllter Lämmerdarm), ihrem Martyrium ein würdiges Ende zu setzen. Sie wollten in ihrer Eigenschaft als Köche gegeneinander antreten. Sie würden das gleiche Gericht zubereiten – ausgewählt wurde das altehrwürdige Moussaka – und bei einem gemeinsamen, als Befreiungsschlag konzipierten Mahl sollte Nana das Moussaka ihrer Wahl küren. Der Koch des preisgekrönten Moussaka würde dann zum Gewinner des Zweikampfs ausgerufen und den Preis in Gestalt von Nana in Empfang nehmen. Der Unterlegene würde stillschweigend das Feld räumen und von der Geliebten für immer Abschied nehmen. In ihrer Abmachung wurden bis ins kleinste die Bedingungen und Einzelheiten für die Zeit nach dem Wettkampf festgelegt. Falls die durch den Wettstreit und die gemeinsam durchlittenen Liebesqualen erprobte und gefestigte Freundschaft zwischen den beiden Männern andauern sollte, dann wäre die wichtigste Bedingung ihrer Abmachung: Der Sieger durfte dem Unterlegenen gegenüber niemals irgendeine Andeutung über Nana machen, irgend etwas, das ihm die guten alten Zeiten schmerzlich in Erinnerung rufen könnte. Die Sache war jedoch nicht ganz so einfach. Durch die nachbarschaftliche Nähe der beiden Männer wurde die versprochene Diskretion erheblich erschwert. Der künftige Unterlegene konnte doch den Rest seiner Tage nicht mit verbarrikadierten Fenstern, verstopften Ohren und verbundenen Augen verbringen. Dieser Punkt wurde ausgiebig besprochen, und schließlich kam man überein, daß der Gewinner die Mühe des Umzugs in ein anderes Viertel auf sich nehmen sollte. Bald jedoch verwarfen sie diese Lösung wieder als kalt und herzlos. Beide gestanden zu, daß es den Verlierer vermutlich trösten würde, wenn die frühere Frau seiner Träume wie eine Duftwolke, ein Windhauch, ein Nebelstreif in seine Nähe käme.

Nach diesen anstrengenden Verhandlungen, bei denen sich beide abwechselnd als Gewinner oder Verlierer fühlten und dies auch zum Ausdruck brachten, dachten sie höchst zufrieden daran, wie unangenehm überrascht Nana sein würde, wenn sie plötzlich und ohne Vorwarnung zum ersten Mal mit ihren beiden Liebhabern konfrontiert würde und für ihr gnadenloses Doppelspiel die Verantwortung übernehmen müßte.

Bevor sie sich trennten, um das schicksalhafte Moussaka vorzubereiten, wurden beide plötzlich von einer gewissen Traurigkeit erfaßt.

»Ich wünsche dir, daß du gewinnst«, sagte Damoklis mit gespielter Großherzigkeit. »Ehrlich, Dimitris, ich kann mir nicht vorstellen, was du ohne Nana tätest. Du wärst sehr unglücklich.«

»Ich kann mir auch nicht vorstellen, was du ohne Nana tätest. Du wärst ebenfalls sehr unglücklich. Es würde mir förmlich das Herz zerreißen. Ich wäre sehr betrübt bei dem Gedanken daran, wie unglücklich du bist«, ergänzte Dimitris.

»So ist es, Dimitris«, fuhr Damoklis fort. »Ob ich nun Nana gewinne oder verliere, ob ich nun den Sieg erringe oder nicht, ich werde unglücklich sein bei dem Gedanken an dein Unglück. So wie die Dinge jetzt liegen, würde ich lieber verlieren.«

»Na, dann alles Schlechte«, wünschte ihm Dimitris.

»Viel Mißerfolg«, gab Damoklis zurück.

Und die beiden umarmten und küßten einander herzlich wie wahrhaft männliche Krieger vor der Schlacht.

Am Abend warteten die Kontrahenten in Dimitris' Wohnung an der mit einem strahlendweißen, üppig bestickten Tischtuch, heftig funkelndem Porzellan, Silberbesteck und Kristallgläsern gedeckten Tafel und von traumhaft schöner Kerzenbeleuchtung umgeben, respektvoll auf Nanas Ankunft. Sie traf mit einstündiger Verspätung ein, vernichtend schön wie nie zuvor. Weißer als Porzellan, strahlender als Silber und glänzender als Kristall umarmte sie die beiden vor Verblüffung starren und stummen Liebhaber so ungerührt, als sei nichts geschehen, und brach in ein nicht enden wollendes, schallendes Lachen aus. Die beiden überboten sich an Zuvorkommenheit, wollten jeweils als erster Nana Feuer geben, und die Schöne kräuselte, wie immer, ihre kirschroten Lippen auf das graziöseste und blies blaue Rauchkringel in die Luft. Sie hatte auf dem Sessel in allen möglichen Variationen ihre bekannte Pose eingenommen. Lässig wie eine Wildkatze richtete sie sich auf, warf sich in Positur, lehnte sich zurück und hielt so die Männer in Atem. Sie stellte das ganze Repertoire ihres Charmes und ihrer lasziven Haltungen mit Feuereifer zur Schau, die ganze Bandbreite sowohl ihres angeborenen als auch ihres sorgsam ausgebildeten Talents. Sie präsentierte ihren beiden sprachlosen Liebhabern eine Jubiläumsausgabe ihrer selbst, eine Zusammenfassung all der eindrucksvollen Bilder, die sie im Lauf der Zeit bei ihnen hinterlassen hatte.

Nach dieser wohlinszenierten Einleitung war die schreckliche Stunde des Abendessens gekommen. Dimitris und Damoklis zogen sich gemeinsam in die

Küche zurück. Keiner wagte, allein mit ihr zu bleiben und sich ihrem Blick, der wahre Abgründe ahnen ließ, auszuliefern. In der Küche beeilten sie sich dann allerdings, ein gerechtes und tadelloses Servieren sicherzustellen. Auf den Teller der wie ein Vögelchen essenden Göttin legten sie zwei kleine Stückchen Moussaka. Auf Damoklis' Portion lag eine Jasminblüte und auf Dimitris' Stück eine Akazienblüte.

Dann eröffnete Dimitris sogleich den Wettstreit mit einem einfachen Trinkspruch. Natürlich verschwieg er Nana, wer welches Stück zubereitet hatte und was dem Gewinner als Preis winkte. Die fürchterliche Prozedur nahm ihren Lauf. Die beiden Wettkämpfer verfolgten gelähmt vor Furcht und wachsbleich den Weg, den Nanas Gabel vom Teller zu ihrem Mund nahm. Sie versuchten, von ihren Lippen abzulesen, welches Stück sie mit Wohlwollen und welches sie mit Mißfallen aufnahm. Nana sonnte sich in ihrer Rolle als Schiedsrichterin, probierte einmal von diesem und einmal von jenem Stück. Mit halb geschlossenen Lidern kaute sie unendlich lange auf demselben Stückchen herum, als wolle sie mit jedem Bissen die Quintessenz der Speise erschmecken. Während sich ihr Teller leerte, hingen die Prüflinge, die ihr Essen nicht angerührt hatten, an ihren Lippen.

»Ich danke euch allen beiden«, begann Nana gerührt. »Ich danke euch für alles, was ihr mir bisher dargeboten habt. Eure Herzen, eure Körper, eure Worte, eure Augen, eure Soßen. Heute findet unser letztes Abendessen statt. Wir werden uns nie wiedersehen«, sagte Nana, und eine Träne glitzerte in ihrem Augenwinkel. »Ich hatte euch vorgespiegelt, daß ich verheiratet sei«, fuhr sie fort. »Ich war es nicht. Das war meine Erfindung. Nur so konnte ich mich aufteilen, euch beide zu gleichen Teilen genießen. In Wirklichkeit« –, sie äußerte ihre letzte Lüge als Abschiedsfeuerwerk, »in Wirklichkeit heirate ich morgen. Ich möchte mich von euch für immer verabschieden, ich werde meinen künftigen Gatten mit der Erinnerung an euch Tag und Nacht betrügen.«

Dann stammelte sie mit Tränen in den Augen und einem kristallhellen Lachen den Satz, den sie wiederholt zu jedem von ihnen gesagt hatte. »Zehn Seeigel, zwei Prisen Passatwind und etwas Zitronensaft.«

Danach erhob sich Nana, schritt hoch erhobenen Hauptes zur Wohnungstür, drehte sich nochmals langsam um und blickte zum letzten Mal in die überraschten und feucht gewordenen Augen der beiden Männer. Die Tür öffnete und schloß sich, und Nana fuhr auf in den Himmel der Dichter und Denker.

Viel Zeit verging, fast ein Jahr, viele Jahre gingen ins Land, eine lange Zeit, ein ganzes Leben. Und Damoklis und Dimitris, die inzwischen dicke Freunde geworden waren, liebten Nana jeden Tag ein bißchen mehr. Sie priesen sie in Gedichten, Erzählungen und Romanen, die sie in ihrer Freizeit fieberhaft schrieben und einander bei ihren nunmehr regelmäßigen abendlichen Treffen vorlasen. Den ersten Jahrestag ihrer Trennung begingen sie feierlich mit einem Teller Kolliva, der Speise zum Gedenken der Toten: ein wunderschönes Mosaik aus Weizenschrot, dunklen und hellen Rosinen, feingehackter Petersilie, Mandel- und Walnußstückchen, Korianderpulver, Granatapfel und Puderzucker, weiß wie die Unschuld ihres Herzens.

Moussaka

Ein Kilogramm in dünne Scheiben geschnittene Auberginen eine Stunde lang in Salzwasser legen, damit sie ihren bitteren Geschmack verlieren. Danach abspülen und trockentupfen. Salzen, pfeffern und in Olivenöl hellbraun anbraten. Mit der ersten Schicht den Boden einer Auflaufform auslegen. Darauf eine Schicht Hackfleisch (wie im Rezept von Makkaroni mit Hackfleischsoße, vgl. S. 89) verteilen, darauf wiederum Auberginen und Hackfleisch schichten und mit Béchamelsoße übergießen.

Diese Soße wird in einem Topf unter ständigem Rühren aus vier Eßlöffeln geschmolzener Butter und vier gehäuften Eßlöffeln Mehl zubereitet. Diese Mischung mit 3/4 Liter frischer Milch verrühren, die nach und nach auf sehr kleiner Flamme zugegossen wird. 150 g geriebenen Hartkäse, einen halben Kaffeelöffel Muskatpulver, Salz und Pfeffer dazugeben, den Topf vom Herd nehmen und ein Eigelb unterrühren. Die Soße über die Hackfleisch-Auberginen-Schichten gießen, die Auflaufform bei großer Hitze in den vorgeheizten Backofen geben. 30-40 Minuten backen, bis sich eine hellbraune Kruste gebildet hat.

Lauwarm servieren.

Pastizio

Hierbei handelt es sich um eine Variante des Moussaka, wobei anstelle der Auberginen dicke, vorgekochte und in Butter geschwenkte Makkaroni verwendet werden.

Kolliva (Totenspeise)

Ungefähr 500 g geschroteten Weizen über Nacht einweichen, dann zwei Stunden kochen. Den Topf vom Herd nehmen und die Weizen-Wasser-Mischung erkalten und aufquellen lassen. Danach den Weizen auf einem Geschirrtuch zum Trocknen ausbreiten. Anschließend in eine hohe Schüssel geben und zwei Eßlöffel geriebenen Zwieback, 3 Eßlöffel Puderzucker, 1/3 Tasse gut gehackte Walnüsse, 1/3 Tasse ebenfalls feingehackte Mandeln, 1 Eßlöffel im Mörser zerriebenen Koriander, 3 Stengel feingehackte Petersilie und eine halbe Tasse feuerrote Granatapfelbeeren hinzufügen.

Rezeptverzeichnis

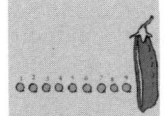

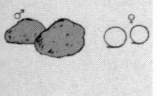